四部要籍選刊·集部　蔣鵬翔　主編

施註蘇詩

六

〔宋〕蘇軾　著
〔宋〕施元之　注

浙江大學出版社

本册目録

卷二十九

卷三十

卷三十一

卷三十二

卷三十三

卷三十四

卷三十六

施註蘇詩卷之二十九

漫堂先生宋　犖　閱定　長洲顧嗣立
樸園先生張榕端　　　　毗陵邵長蘅　刪補
　　　　　　　　　　　商丘宋　至

詩五十八首時守杭州作

次韻林子中蒜山亭見寄林子中名希閩人東坡起遷客朝廷以人望欲驟用之議除起居舍人公詣宰相蔡持正力辭持正曰今日誰當在公先者公曰昔林希同在館中年且長持正曰希固當先公耶卒不許紹聖初進寶文閣直學士知成都府哲宗親政章子厚方治元祐諸臣欲使子中典書命而疑於左遷使問之欣然聽行復爲中書舍人自司馬溫公東坡等數十人皆使爲謫詞極其醜詆遂累遷至同知樞密院後朝廷理其詞命醜正之罪奪職爲舒州建中靖國元年東坡自海南歸至儀眞與子由書云林子中病傷寒十餘日便卒所獲幾何遺臭無窮哀哉哀哉

奇逸多聞老敬通。何人慷慨解憐翁。十年簿領催衰白。一笑江山發醉紅。聞道賦詩臨北固。未應舉扇向西風。叩頭莫喚無家客。歸掃岷峨一畝宮。

後漢馮衍傳衍字敬通幼有奇才博通羣書數遭讒毀遂埳壈於時舉扇用庾元規事屢見無家客公有與金山元長老詩云蒜山幸有閑田地招此無家一房客

再和并答楊次公

楊次公事見二十三卷送楊傑詩注此卷倡酬凡五詩次公時提點兩浙刑獄

毗盧海上妙高峯。二老遥知說此翁。聊復艤舟尋紫翠。不妨持節散陳紅。高懷卻有雲門興。好句眞傳雪竇風。唱我三人無譜曲。馮夷亦合舞幽宮。

華嚴經毗盧遮那十身巢海又文殊師利告善財童子言南方有一國土名爲勝樂其國有山名曰妙高峯漢食貨志太倉之粟陳陳相因賈捐之傳孝武元狩六年太倉之粟紅腐而不可食持節用汲黯事雲門雪竇皆禪宗也次公有雪竇語錄序司馬相如大人賦使靈媧鼓琴而舞馮夷

次韻劉景文送錢蒙仲三首

錢蒙仲乃穆父內翰之子穆父守越遣蒙仲從東坡學穆父九男子東坡每戲穆父爲九子母丈夫故云送盡青雲九子子由壻王子立新逝故云王郎獨爲鬼錄

誰識天開老驥。不爭日暮長途。送盡青雲九子。歸去扁舟五湖。

南史何承天傳除著作佐郎承天年已老而諸佐郎竝名家年少荀伯子嘲之常呼爲妳母承天曰卿當云鳳皇將九子妳母何言耶

寄語竹林社友。同書桂籍天倫。王郎獨爲鬼錄。世間無此玉人。

五字古原春草。千金漢殿長門。經緯尚餘三策。典刑留與諸孫。

摭言白居易應舉初至京以詩謁顧況況戲之曰長安物貴居大不易及讀原上草詩云野火燒不盡春風吹又生乃嗟賞曰有句如此居天下有甚難樂天集此

詩題云古原草司馬長卿長門賦序孝武陳皇后得幸頗妒别在長門宮愁悶悲思聞相如天下工爲文奉金百斤爲相如文君取酒因于解悲愁之詞而相如爲文以寤主上后復得幸

菩提寺南漪堂杜鵑花

南漪杜鵑天下無。披香殿上紅氍毹。鶴林兵火眞一夢。不歸閬苑歸西湖。

三輔黃圖武帝建溫室殿規地以罽賓氍毹白樂天紅線毯歌揀絲練線紅藍染織作披香殿上毯續仙傳鶴林寺杜鵑花盛爲三春游觀之最時將重九周寶謂殷七七曰能令此花開否七七乃宿其下次日花發此花平日開時常見三紅裳女子護之及是忽女子來語七七曰花在人間已百年非久卻歸閬苑今與道者開之數日花俄不見亦無花落之迹其後兵火焚寺樹失根株信歸閬苑矣事互見卷五後十餘日復至詩注

題楊次公春蘭

春蘭如美人。不採羞自獻。時聞風露香。蓬艾深不見丹青寫眞色欲補離騷傳對之如靈均冠佩不敢燕漢淮南王傳武帝使爲離騷傳旦受詔食時上楚辭離騷名余曰正則兮字余曰靈均漢汲黯傳丞相晏見或時不冠至如見黯不冠不見也

題次公蕙

蕙本蘭之族依然臭味同曾爲水仙佩相識楚辭中幻色雖非實眞香亦竟空云何起微馥鼻觀已先通王子年拾遺記楚人思慕屈平謂之水仙楚辭離騷雜申椒與菌桂兮豈維紉夫蕙茝楞嚴經觀世音菩薩由聞思修入三摩地疏云聞思修爲三觀惟觀世音三觀俱全

次韻曹輔寄壑源試焙新芽曹輔字子方時爲福建路轉運使

仙山靈草一作雨濕行雲洗遍香肌粉未勻明月來投玉川子清風吹破武林春要知玉一作冰雪心腸好不是膏油首

面新。戲作小詩君勿一作笑。從來佳茗似佳人。韓退之李花詩日光赤色照來好明月暫入都交加夜領張徹投盧仝乘雲共至玉皇家南史齊帝賜公主首面三十人茶品要錄沙溪之園民或雜以松黃飾其首面試時雖鮮白而不能久

次韻袁公濟謝芎椒

燥吻時時著酒濡。要令臥疾致文殊。河魚潰腹空號楚。汗水流骹始信吳。公自注吳眞君服椒法云半年脚心汗如水自笑方求三歲艾。不如長作獨眠夫。羨君清瘦眞仙骨。更助飄飄鶴背軀。陸士衡文賦始躑躅於燥吻終流離於濡翰維摩經文殊奉佛旨詣維摩詰問疾諸菩薩大弟子咸作是念今二大士文殊師利維摩詰共談必說妙法左傳宣十二年申叔展曰有麥麴乎曰無有山鞠窮乎曰無河魚腹疾奈何再見潘安仁射雉賦注云骹脛也一曰吳人呼脚爲骹

次韻楊次公惠徑山龍井水公自注龍井水洗病眼有效

漏盡雞號厭夜行。年來小器溢缾罌。棄官縱未歸東海。罷郡猶堪作水衡。幻色將空眼先暗。勝遊無礙腳殊輕。空煩遠致龍淵水。寧復臨池似伯英。三國魏田豫傳年過七十而居位譬猶鐘鳴漏盡而夜行不休是罪人也史記曆書冬分時雞三號卒明韓石鼎聯句方當紅爐然益見小器盈漢疏廣傳東海蘭陵人也與兄子受俱乞骸骨歸老故鄉已見水衡用漢龔遂事屢見

次韻劉景文登介亭

澤國梅雨餘。衰年困蒸溽。高堂磨新塼。頗覺利腰足。松根百尺井。雨綆飛淨淥。流觴聚兒童。一笑爲捧腹。清風信可御。剛氣在巖麓。始知共此世。物外無三伏。長歌入雲去。不待絃管逐。西湖眞西子。煙樹點眉目。濤江少醞

施註蘇詩卷二十九

藉高浪翻飛屋。俛仰拊四海。百世飛鳥速。遠追錢氏餘
近弔祖侯蹋。吾生如寄耳。寸晷輕尺玉。誰似劉將軍。逸
韻謝邊幅。千言一揮手。五車不再讀。春嵒彩雞舞。月峽
哀猿哭。朝先鶗鴂起。暮與寒蛩續。我老廢吟哦。賴君時
擊觸。從今事遠覽。發軔此幽谷。清游得三昧。至樂謝五
欲。莫作狂道士。氣壓劉師服。

磨塼字出傳燈錄史記日者傳司馬季主捧腹大笑莊子在宥篇俛仰之閒而拊
四海之外祖侯謂祖無擇淮南子聖人重分寸之陰而輕尺璧後漢馬援傳見公
孫述曰天下雌雄未定不吐哺走迎國士反修飾邊幅此子何足久稽天下士南
史任昉傳爲新安太守在郡不事邊幅莊子惠子多方其書五車韓愈詩爲人强
記覽過眼不再讀北史邢卲傳廣尋經史五行俱下一覽便無所遺唐蕭穎士傳
與李華陸據游龍門讀道傍碑穎士卽誦華再據三乃能盡記聞者謂三人才高
下此其分也異苑山雞愛其毛映水則舞宜都山川記峽中猿鳴至清行者歌之
曰巴東三峽猿鳴悲猿鳴三聲淚沾衣謝惠連擣衣詩烈烈寒蛩啼此二句謂景

文篤學苦吟也史記封禪書上使欒大驗小方鬭棊自相觸擊楚辭離騷朝發軔於蒼梧兮夕余至於縣圃內典梵語三昧此云正受法華經有五欲曰淫欲曰睡眠曰飲食曰自恣曰貪欲又維摩詰云汝等已發道意有法樂可以自娛不應復樂五欲狂道士軒轅彌明也與劉師服進士相識劉與侯喜聯石鼎句彌明應之如響事詳韓退之石鼎聯句序屢見

袁公濟和復次韻答之 袁公濟名轂

昏昏墮醉夢。奈此六月溽。君詩如清風。吹我朝睡足。登臨得佳句。江白照湖淥。袖手獨不言。默藁已在腹。是時風雨過。藹藹雲歸麓。疎星帶微月。金火爭見伏。惜哉此清景變滅不可逐。歸來讀君詩。耿耿猶在目。卻思少年日聲價爭場屋。文如翻水成。賦作叉手速。秋風起鴻鴈。我亦繼華躅。那知君蹭蹬。獨泣荆山玉。相見南新道。青衫垂破幅。蚤知事大繆。恨不十年讀。莫嫌馮唐老。終勝賈誼哭。今年復爲僚。舊好許重續。升沈何足道。等是蠻與觸。共爲湖山主。出入窮澗谷。衆馳君不爭。人棄我所欲。何時神武門。相約挂冠服。

禮記季夏之月土潤溽暑詩大雅吉甫作頌穆如清風唐王勃傳屬文初不精思先磨墨數升則酣飲引被覆面及寤援筆成篇不易一字時人謂勃爲腹藁曆忌釋伏者何也金氣伏藏之日也四時代謝皆以相生立夏火代木木生火立秋金代火金畏於火故至庚日必伏顔師古曰陰氣將起迫于殘陽而未得升故爲藏伏太平廣記唐溫庭筠才思艷麗工於小賦每入試押官韻作賦凡八叉手而八韻成繼華躅袁轂試館職首薦東坡亦第七人漢司馬遷傳務一心營職以求親媚於主上而事乃有大繆不然者漢馮唐傳文帝問曰父老何自爲郎賈誼傳上疏陳政事曰有可爲痛哭者一流涕者二長太息者六左傳桓二年公及戎盟于唐修舊好也莊子則陽篇戴晉人曰有國於蝸之左角曰觸氏有國於蝸之右角曰蠻氏時相與爭地而戰伏尸逐北旬有五日而後反云云

介亭餞楊傑次公

籃輿西出登山門。嘉與我友尋仙村。丹青明滅風篁嶺。環珮空響桃花源。公自注郡人謂介亭山下爲桃源路前朝欲上已蠟屐。黑雲白雨如傾盆。今晨積霧卷千里。豈畏觸熱生病根。在家頭陀無爲子。久與青山爲弟昆。孤峰盡處亦何有。西湖鏡天江抹坤。臨高揮手謝好住。清風萬壑傳其言。風回響答君聽取。我亦到處隨君軒。

杜子美貽柳少府詩自非曉相訪觸熱生病根傳燈錄會通禪師休官出家鳥窠禪師云汝當爲在家菩薩戒施俱修如謝靈運之儔也次公號無爲子杜牧之詩大江吞天去一練橫坤抹傳奇封陟傳仙姝謂陟曰好住好住無畏異日追悔六祖壇經和尚報言好住今共汝別

次京師韻送表弟程懿叔赴夔州運判

程懿叔名之邵行七

二十七卷有送表弟程七知泗州詩先生元祐五年六月三日手書此詩幷自跋云時德孺在嶺外適有使至杭當錄本示之德孺

書中自言學佛有所悟入寄偈頌十數篇來故有新得道之語德孺名之元懿叔兄也詩跋刻石成都府治

與子甥舅氏。摧頹各蒼顏。竝爲東諸侯。長此佳江山。寒松無時花。安得插髻鬟。惟將老不死。一笑榮枯閒。我甚似樂天。但無素與蠻。挂冠及未耄。當獲一紀閑。子亦拙進取。才高命堅頑。譬如萬斛舟。行此九折灣。仲氏新得道。一漚目塵寰。歲晚家鄉路。莫遣生榛菅。

左傳成十六年郤犨將新軍且爲公族大夫以主東諸侯古詩話樂天二妓樊素善歌小蠻善舞嘗爲詩曰櫻桃樊素口楊柳小蠻腰國語狐偃語晉文公曰蓄力一紀可以遠矣韋昭注曰十二年歲星一周爲一紀

葉教授和溽字韻詩復次韻爲戲記龍井之游

先生曾諸儒。飲食清不溽。空腸出秀句。吟嚼五味足。華堂鬧絲管。睟子漲春渌。先生疾走避。面冷毒在腹。歸來煮瓠葉。弟子歌旱麓。聲淫及靈臺。中有麀鹿伏。功名一走兔。何用千人逐。故應容我輩。清坐時閉目。高亭石排衙。木杪挂飛屋。我來無時節。客亦不待速。似聞雪髯叟。西嶺訪遺躅。朝陽入潭洞。金碧涵水玉。泉扉夜不扃。雲袂本無幅。慈皇付寶偈。神侶得幽讀。訥菴有老人。宴坐天魔哭。時來獻瓔珞。法供燈相續。吾儕詩酒汙。欲往無乃觸。齋廚費晨炊。車騎滿山谷。願聞第一義。鉢飯非所欲。便投切雲冠。予幼好奇服。

漢叔孫通傳說上曰儒者難與進取可與守成願徵魯諸生與臣弟子共起朝儀禮記儒行其居處不淫其飲食不溽佛畫耽著五味禪詩小雅瓠葉大夫刺幽王

也大雅旱麓受祉也靈臺民始附也禮記聲淫反商說苑一兔走於街萬人追之一人得之萬人不復走白樂天懷微之詩不知雨雪江陵府今日排衙得也無按介亭有石如劍戟對峙謂之排衙石訥菴謂辯才法師觀音經天魔外道恐怖毛豎普門品經無盡意菩薩解頸衆寶珠瓔珞價直百千兩金而以與之作是言仁者受此法施珍寶瓔珞華嚴經諸供養中法供養最傳燈錄達磨西來梁武帝問如何是聖諦第一義答云廓然無聖杜子美詩願聞第一義回向心地初楚辭九章余幼好此奇服兮年旣老而不衰帶長鋏之陸離兮冠切雲之崔嵬

次韻林子中見寄

飄零洛社數遺民。詩酒當年困惡賓。元亮本無適俗韻。孝章要是有名人。蒜山小隱雖爲客。江水西來亦帶岷。卷卻西湖千頃葑。笑看魚尾更莘莘。

西京雜記公孫弘曰寧逢惡賓莫逢故人再見陶潛歸田園居詩少無適俗韻性本愛丘山會稽典錄盛憲字孝章素有高名孫策深忌之孔融憂其不免禍乃與曹公書勸招致之曰孝章要爲有天下大名九牧之人所共稱歎蒜山爲客已見蒜山卜居詩註千頃葑公開西湖以葑積爲堤以通南北今蘇公堤是也詩小雅

魚在在藻，有莘其尾

安州老人食蜜歌

〔公自注〕贈僧仲殊〔按〕僧仲殊安州人居錢塘爲詩敏捷立成而工妙絶人遠甚殊辟穀常啖蜜陸務觀云族伯父彥遠言少時識仲殊長老東坡爲作安州老人食蜜歌者一日與數客過之所食皆蜜也豆腐麵筋牛乳之類皆漬蜜食之客多不能下箸惟東坡性亦酷嗜蜜能與之共飽崇寧中忽上堂辭衆是夕閉方丈門自縊死及火舍利五色不可勝計鄒忠公爲作詩云逆行天莫測雉作瀆中經漚滅風前質蓮開火後形鉢盂殘蜜白爐篆冷煙青空有誰家曲人間得細聽彥遠又云殊少爲士人遊蕩不羈爲妻投毒羹胾中幾死啖蜜而解醫云復食肉則毒發不可療遂棄家爲浮屠鄒公所謂誰家曲者謂其雅工於樂府詞猶有不羈餘習也

安州老人心似鐵。老人心肝小兒舌。不食五穀惟食蜜。笑指蜜蜂作檀越。蜜中有詩人不知。千花百草爭含姿。老人咀嚼時一吐。還引世間癡小兒。小兒得詩如得蜜。

蜜中有藥治平聲百疾。正當狂走捉風時。一笑看詩百憂失。東坡先生取人廉。幾人相歡幾人嫌。恰似飲茶甘苦雜。不如一作知食蜜中邊甜。因君寄與雙龍餅。鏡空一照雙龍影。三吳六月水如湯。老人心似雙龍井。四十二章經財之於人譬如刀刃有蜜小兒舐之有割舌之患又若有人得道猶如食蜜中邊皆甜後漢朱浮傳與彭寵書云伯通獨中風狂走自捐盛時漢郊祀志谷永曰求之盪盪如係風捕景終不可得

次韻錢穆父紫薇花二首

虛白堂前合抱花。秋風落日照橫斜。閱人此地知多少物化無涯生有涯。公自注虛白堂前紫薇兩株俗云樂天所種杭州圖經虛白堂在舊治白樂天有詩云虛白堂前衙退後更無一事到中心漢蓋寬饒傳此如傳舍所閱多矣再見莊子聖人其生也天行其死也物化又養生

主篇吾生也有涯而知也無涯以有涯隨無涯殆已

折得芳蕤兩眼花。題詩相報字傾斜。篋中尚有絲綸句。公自注白樂天紫薇花詩絲綸閣下文章靜鐘鼓樓中刻漏長獨坐黃昏誰是伴紫薇花對紫微郎上嘗書此詩以賜軾坐覺天光照海涯。

送張嘉州

少年不願萬戶侯。亦不願識韓荊州。頗願身爲漢嘉守。載酒時作凌雲游。虛名無用今白首。夢中卻到龍泓口。浮雲軒冕何足言。惟有江山難入手。峨眉山月半輪秋。影入平羌江水流。謫仙此語誰解道。請看見月時登樓。笑談萬事眞何有。一時付與東巖酒。公自注佛峽人家白酒舊有名歸來還受一大錢好意莫違黃髮叟。

李白與韓荆州朝宗書聞天下談士相聚而言曰生不用萬户侯但願一識韓荆州嘉州九頂山上寺曰凌雲龍泓口在凌雲之上土人謂之龍巖後漢劉寵傳寵爲會稽太守徵還山陰老叟厖眉皓髮人齎百錢以送寵爲人選一大錢受之

次韻蘇伯固主簿重九

蘇伯固名堅博學能詩公與講宗盟自黃徙汝同遊廬山有歸朝歡詞以劉夢得比之公自翰林守杭道吳興伯固以臨濮縣主簿監杭州在城商稅自杭來會作後六客詞伯固與焉方經理開西湖伯固建議謂當參酌古今而用中策湖成其力爲多後一歲又相從於廣陵有和伯固韻送李孝博詩公歸自海南伯固在南華相待有詩載三十九卷黃魯直謫死宜州至大觀間伯固在嶺外護其喪歸葬雙井其風義如此子庠字養直學世其家號後湖居士有文集行世

雲間朱袖拂雲和。知一作應是長松挂女蘿。髻重不嫌黃菊滿。手香新喜綠橙搓。墨飜衫袖吾方醉。紙落雲煙子患多。只有黄雞與白日。玲瓏應識使君歌。李白寄遠詩遙知玉腕裏纖手弄雲和奏曲有深意青松交女蘿詩小雅蔦與女蘿施於松上白樂天有醉示妓人商玲瓏歌已見

送李陶通直赴清谿

忠文文正二大老。公自注司馬溫公范蜀公君之師友溫公謚文正蜀公謚忠文蘇李廣平三舍人。公自注蘇子容宋次道與先公才元熙寧中封還李定詞頭天下謂之三舍人喜見通家賢子弟。自言得邑少風塵。從來勢利關心薄。此去谿山琢句新。肎向西湖留數月。錢塘初識小麒麟。三舍人熙寧初大臣薦秀州軍事判官李定召見擢太子中允守監察御史裏行知制誥宋敏求以定驟自幕職而升朝著任執法非故事蘇頌李大臨相繼封還詞頭不草制敏求前罷頌與大臨更奏復下至于七八遂俱罷歸班而定御史之命亦中寢

次韻楊公濟梅花十首

楊公濟名蟠章安人舉進士能詩題金山云天末樓臺橫北固夜深

燈火見揚州歐陽文忠公讀公濟章安集詩云蘇梅久作黃泉客我亦今爲白髮翁臥讀楊蟠一千首乞渠秋月與春風先生守杭公濟通判州事知壽州提點荊廣鑄錢卒

梅梢春色弄微和。作意南枝翦刻多。月黑林間逢縞袂。霸陵醉尉誤誰何。

摭遺蜀州有紅梅數本郡侯構閣環墻以固之游人莫得見也一日梅已放有兩婦人凭欄語笑守梅吏走報郡侯既啟鑰闃不見人唯於東壁有詩云南枝向暖北枝寒一種春風有幾般憑仗高樓莫吹笛大家留取倚欄干

相逢月下是瑤臺。藉草清樽連夜開。明日酒醒應滿地。空令饑鶴啄莓苔。

綠髮尋春湖畔回。萬松嶺上一枝開。而今縱老霜根在。得見劉郎又獨來。

月地雲堦漫一樽。玉奴當作兒終不負東昏。臨春結綺荒荊棘。誰信幽香是返魂。

牛僧孺周秦行記僧孺遇薄后潘妃楊妃戚妃作詩云香風引到大羅天月地雲堦拜洞仙共道人間惆悵事不知今夕是何年后曰今夕誰伴牛秀才戚辭潘亦辭曰東昏以玉兒故身死國除不擬負他乃令王昭君夕焉楊妃在坐自稱玉奴十洲記聚窟洲有返魂香死尸在地聞香卽活仙傳拾遺亦云

日出冰湖散水花。野梅官柳漸欹斜。西郊欲就詩人飲。黃四娘東子美家。

杜子美江上獨步尋花詩黃四娘家花滿蹊千朶萬朶壓枝低

君知蚤落坐先開。莫著新詩句句催。嶺北霜枝最多思。忍寒留待使君來。

李義山詩忍寒應欲試梅粧白樂天新栽梅今年好待使君來

冰盤未薦含酸子。雪嶺先看耐凍枝。應笑春風木芍藥。豐肌弱骨要人醫。

寒雀喧喧凍不飛。遶林空啅未開枝。多情好與風流伴。不到雙雙燕語時。

鮫綃翦碎玉簪輕。檀暈粧成雪月明。肎伴老人春一醉。懸知欲落更多情。

北夢瑣言張建章大夫於渤海遇水仙遺鮫綃自齎以進明宗有事郊丘建章鄉人掌東序之寶言國璽外有二物一即鮫綃也亦云夏天清暑展開滿堂凜然

縞帬練帨玉川家。肝膽清新冷不邪。穠李争春猶辦此。更教踏雪看梅花。

韓退之李花詩夜領張徹投盧仝乘雲共到玉皇家長姬香御四羅列縞帬練帨無等差清寒瑩骨肝膽醒一生思慮無由邪

贈劉景文

荷盡已無擎雨蓋。菊殘猶有傲霜枝。一年好景君須記。最是橙黃橘綠時。

謝關景仁送紅梅栽二首

年年芳信負紅梅。江畔垂垂又欲開。珍重多情關令尹。直和根撥送春來。

爲君栽向南堂下。記取他年著子時。酸釅不堪調衆口。使君風味好攢眉。

歐陽歸田錄丁晉公南遷過潭州作齋僧疏云補仲山之袞雖曲盡於一心和傅說之羹實難調於衆口

辯才老師退居龍井不復出入余往見之嘗出

至風篁嶺左右驚曰遠公復過虎谿矣辯才笑曰杜子美不云乎與子成二老來往亦風流因作亭嶺上名曰過谿亦曰二老謹次辯才韻辯才

事見第十卷贈上天竺辯才師詩注

日月轉雙轂。古今同一丘。惟此鶴骨老。凜然不知秋。去住兩無礙。人天爭挽留。去如龍出山。雷雨卷潭湫。來如珠還浦。魚鼈爭駢頭。此生暫寄寓。常恐名實浮。我比陶令媿。師爲遠公優。送我還過谿。谿水當逆流。聊使此山人。永記二老游。大千在掌握。寧有別離憂。

賈島詩碌碌復碌碌百年雙轉轂漢楊惲傳古與今如一丘之貉後漢孟嘗傳合浦郡海出明珠先時宰守貪穢珠漸徙於交阯嘗爲太守革易前弊未踰歲去珠

復還周易貫魚以宮人寵無不利王弼曰駢頭相次似貫魚也廬山記遠公與陶元亮陸修靜語道不覺過虎谿因相與大笑故作三笑圖再見柳子厚石門精室詩小劫不逾瞬

大千若在掌

送程之邵僉判赴闕

程之邵名遵彦事見二十八卷新茶送僉判程朝奉詩注元祐三年龍圖閣待制熊伯通本自越移杭尋改江寧而先生繼之之邵蓋是伯通遲羅致幕府故有賢哉江東守收此幕中奇之句

夜光不自獻。天驥良難知。從來一狐腋。或出五羖皮。賢哉江東守。收此幕中奇。無華豈易識。旣得不自隨。留君望此府。助我憐其衰。二年促膝語。一旦長揖辭。林深伏猛在。岸改潛珍移。去此當安從。失君徒自悲。念君瑚璉質。當今臺閣宜。去矣會有合。豈常懷其私。

世說王東亭爲宣武主簿旣承藉有譽爲一府之望舊唐書韋思謙傳皇甫公義引爲沛王府倉曹曰屈心爲數旬客以望此府禮記虎豹之皮示伏猛也漢賈誼

傳襲九淵之神龍兮沕淵潛以自珍

寄梅宣義園亭

梅宣義者吳郡人子明之父子明爲杭州通判與東坡同僚嘗以白石遺子明以奉其父載二十八卷此詩云愛子幸僚友久要疑弟昆又云明年過君西蓋吳郡爲滿去歸塗也先生後有除夜圓空詩呈公濟子侔二通守不著子明當已去官耶

仙人子眞後。還隱吳市門。不惜十年力。治此五畝園。初期橘爲奴。漸見桐有孫。清池壓丘虎。異石來湖黿。敲門無貴賤。遂性各琴樽。我本放浪人。家寄西南坤。敝廬雖尚在。小圃誰當樊。羨君欲歸去。奈此未報恩。愛子幸僚友久要疑弟昆。明年過君西。飲我空缾盆。

漢梅福傳字子眞少補南昌尉後去官棄妻子去九江至今傳爲仙其後人有見於會稽者變姓名爲吳市門卒僧文覽洞庭湖山記黿頭山形如黿欲行狀有眼

鼻山中所出貞石郡人琢而爲器周易坤元亨西南得朋東北喪朋王弼注西南致養之地與坤同道者也詩國風折柳樊圃注云樊藩也圃菜園也

熙寧中軾通守此郡除夜直都聽囚繫皆滿日暮不得返舍因題一詩于壁今二十年矣衰病之餘復忝郡寄再經除夜庭事蕭然三圄皆空蓋同僚之力非拙朽所致因和前篇呈公濟子侔二通守

前詩

除日當蚤歸官事乃見畱執筆對之泣哀此繫中囚小人營餱糧墮網不知羞我亦戀薄祿因循失歸休不須論賢愚均是爲食謀誰能暫縱遣閔默愧前修

會稽典錄盛吉爲廷尉每至冬節獄囚當斷妻夜持燭吉持丹筆垂泣相向舊唐書太宗紀嘗親錄囚見應死者閔之縱使歸家期以來秋就死仍敕天下死囚皆縱遣使至期詣京師凡三百九十明年秋自詣朝堂無一亡匿者上皆赦之楚辭離騷蹇吾法乎前修今非時俗之所服舊唐書裴寂傳高祖曰我與公無媿前修

今詩

山川不改舊歲月逝不留百年一俯仰五勝更王囚同僚比岑范德業前人羞坐令老鈍守嘯諾獲少休郤思二十年出處非人謀齒髮付天公缺壞不可修

漢律歷志秦推五勝自以爲獲水德注引漢書音義曰五行相勝秦以周爲火用水勝也五行有王相死囚休廢岑范嘯諾詳後漢黨錮傳注屢見

游寶雲寺得唐彥猷爲杭州日送客舟中手書一絕句云山雨霏微不滿空畫船來往疾輕鴻誰知獨臥朱簾裏一榻無塵四面風明日送彥

猷之子垧赴鄂州舟中遇微雨感歎前事因和其韻作兩首送之且歸其書唐氏

唐彥猷名詢錢塘人仁宗時爲知制誥子垧字林夫父任爲官熙寧初上書青苗法不行宜誅大臣異議者王安石喜其言薦使對賜進士出身爲崇文校書用鄧綰薦爲監察御史同知諫院既而數論事不見聽因百官起居日扣陛請對力數安石用人變法非是至六十餘條上屢止之垧慷慨自若且讀且論上下皆震悚安石爲之請去上意雖寤亦不深怒明日貶監廣州軍資庫至是知鄂州後知湖泉二州卒於泉林夫當先生廢棄於時其自附甚勤簡牘題跋可以考見此詩餞行因得彥猷舊作用以爲題三十二卷又有賦靈隱詩長篇亦止述靈隱天竺山川風物而已其於林夫賢否殊無一言及之意亦有在也

二妙凋零筆法空。忽驚雲海戲羣鴻。清詩不敢私囊篋人道黃門有父風。

晉衛瓘傳爲尚書令與尚書郎索靖俱善草書時人號一臺二妙瓘子恒爲黃門郎善草隸書章續書訣墨藪梁武帝評鍾繇書如雲鵠造天羣鳧戲海

施注蘇詩卷二十九 十五

出處榮枯一笑空。十年社燕與秋鴻。誰知白首長河路。還臥當時送客風。

賈島詩長江風送客孤館雨留人

送江公著知吉州

江公著字晦叔桐廬人舉進士爲洛陽尉遇久旱微雨作詩云雲葉紛紛雨脚匀亂花柔草長精神雷車卻碾前山過不灑原頭陌上塵司馬溫公於士人家見之爲稱薦由此知名元祐初以近臣薦通判陳州後歷提點湖南刑獄京西轉運副使

三吳行盡千山水。猶道桐廬更清美。豈惟濁世隱狂奴。時平亦出佳公子。初冠惠文讀城旦。晚入奉常陪劍履。方將華省起彈冠。忽憶釣臺歸洗耳。未應良木棄大匠。要使名駒試千里。奉親官舍當有擇。得郡江南差可喜。

白粲連檣一萬艘。紅粧執樂三千指。簿書期會得餘閒。亦念人生行樂耳。[公自注]二耳義不同故得重用

吳郡圖經續記漢永建四年分會稽爲吳郡與吳興丹陽號爲三吳[後漢]嚴光傳司徒侯霸奉書光答曰懷仁輔義天下悅阿諛順旨要領絕霸封奏之帝笑曰狂奴故態也[又]光武曰咄咄子陵不相助爲理耶光曰唐堯著德巢父洗耳士故有志何至相迫乎乃歸富春後人名其釣處爲嚴陵瀨[漢]張敞傳秦時獄法吏冠杜後惠文[儒林]轅固傳太后曰安得司空城旦書乎再見

聞錢道士與越守穆父飲酒送一壺

龍根爲脯玉爲漿。下界寒酷亦漫嘗。一紙鵝經逸少醉。
他年鵬賦謫仙狂。金丹自足留衰鬢。苦淚何須點別腸。
吳越舊邦遺澤在。定應符竹付諸郎。

[玄怪錄]巴邛人有橘園剖二大橘中有二老叟相對象戲一叟曰僕饑虛矣須龍根脯食之袖出一草根削食食訖以水噀之化爲一龍共乘之風雨晦冥忽失所

在十洲記瀛洲有玉膏如酒名曰玉酒飲杯輒醉令人長生又上元夫人謂漢武帝曰鳴天鼓飲玉漿晉王羲之傳山陰有一道士好養鵝羲之往觀焉意甚悅固求市之道士曰爲寫道德經當舉羣相贈羲之欣然寫畢籠鵝而歸仙傳拾遺管霄霞籠紅鵝一雙遺之請書黃庭經李太白大鵬賦序見司馬子微謂余可與神遊八極之表因著大鵬遇希有鳥賦以自廣

次韻劉景文路分上元

華燈閲艱歲。冷月挂空府。三吳重時節。九陌自歌舞。云從月幾望。遂至一百五。嘉辰可屈指。樂事相繼武。今宵掃雲陣。極目淨天宇。嬉遊各忘歸。闐咽頃未覩。飛毬互明滅。激水相吞吐。老去反兒童。歸來尚鐃鼓。新年消暗雪。舊歲添絲縷。何時九江城。相對兩漁父。公自注予舊欲卜居廬山景文近買宅江州周易月幾望馬匹亡無咎激水謂水燈也韓退之陸渾火詩山狂谷很相吐吞

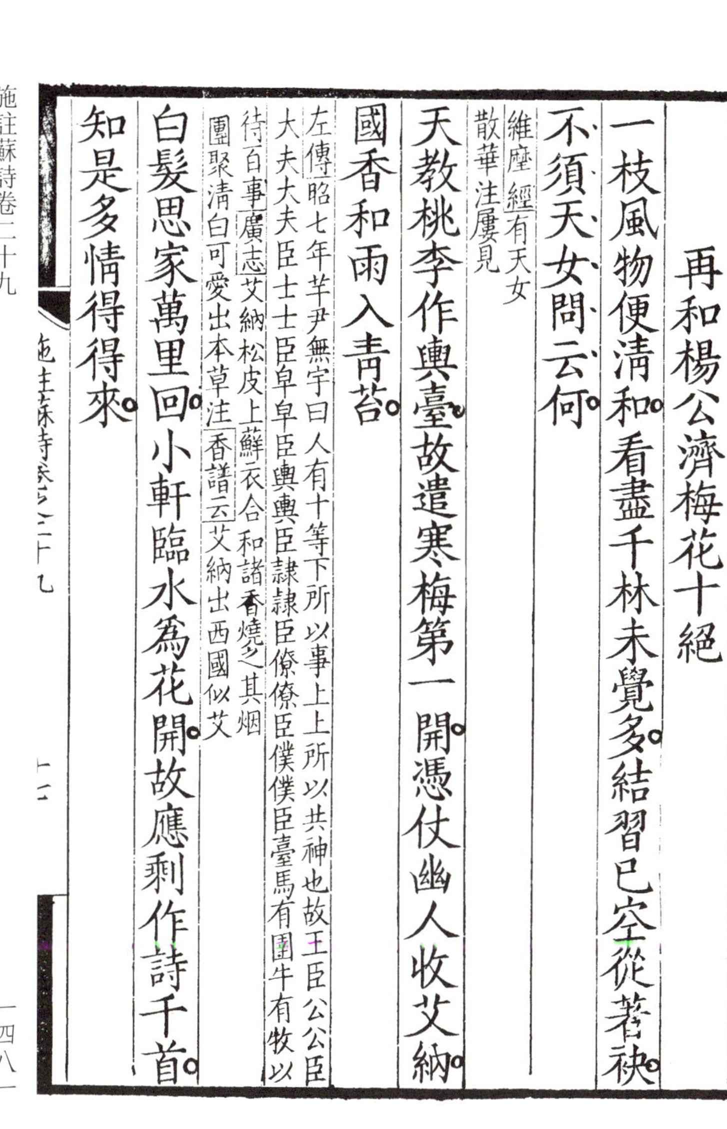

施註蘇詩卷二十九　十二

再和楊公濟梅花十絶

一枝風物便清和。看盡千林未覺多。結習已空從著袂。不須天女問云何。

維摩經有天女散華注屢見

天教桃李作輿臺。故遣寒梅第一開。憑仗幽人收艾納。國香和雨入青苔。

左傳昭七年芊尹無宇曰人有十等下所以事上上所以共神也故王臣公公臣大夫大夫臣士士臣皁皁臣輿輿臣隸隸臣僚僚臣僕僕臣臺馬有圉牛有牧以待百事廣志艾納松皮上蘚衣合和諸香燒之其烟團聚清白可愛出本草注香譜云艾納出西國似艾

白髮思家萬里回。小軒臨水爲花開。故應剩作詩千首。知是多情得得來。

人去殘英滿酒尊。不堪細雨濕黃昏。夜寒那得穿花蝶。知是風流楚客魂。

春入西湖到處花。帬腰芳草抱山斜。盈盈解佩臨煙浦。脈脈當壚傍酒家。

白樂天春望詩誰開湖寺西南路草綠帬腰一道斜韓詩外傳鄭交甫將適南楚遵彼漢高臺下遇二女佩兩珠大如雞卵交甫曰欲子之佩二女解以與之交甫既行顧不見二女佩亦失之列仙傳亦云漢司馬相如傳文君與相如俱之臨邛買酒舍乃令文君當壚

莫向霜晨怨未開。白頭朝夕自相催。斬新一朵含風露。恰似西廂待月來。

杜子美梅花詩朝夕催人自白頭麗情集鶯鶯詩待月西廂下臨風戶半開隔牆花影動疑是玉人來

洗盡鉛華見雪肌。要將真色鬬生枝。檀心已作龍涎吐。

玉頰何勞獺髓醫。沈立之香譜龍涎香出大食國國人候島林上有異禽翔集下有羣魚游泳則必有伏龍吐涎浮於水上舟人或採得之則爲巨富其涎如膠每兩與金等獺髓用孫和誤傷鄧夫人事載酉陽雜俎注巳見

湖面初驚片片飛。尊前吹折最繁枝。何人會得春風意。怕見梅黃雨細時。

長恨漫天柳絮輕。只將飛舞占清明。寒梅似與春相避。未解無私造物情。

北客南來豈是家。醉看參月半横斜。他年欲識吳姬面。秉燭三更對此花。

與葉淳老侯敦夫張秉道同相視新河秉道有

詩次韻二首

浙江潮自海門東來勢如雷霆而浮山峙於江中與魚浦諸山犬牙相錯洄洑激射歲敗公私船不可勝計前知信州侯臨葬親杭之南蕩往來相視地形反復講求建議自浙江上流地名石門竝山而東鑿爲運河引浙江及谿谷諸水二十二里以達於江又竝江爲岸凡八里以達於龍山之大慈浦自浦北折抵小嶺鑿嶺六十五丈以達於古河浚古河四里以達於龍山運河以避浮山之險人皆以爲便時公與前轉運使葉溫叟轉運判官張璹同往按視如臨言遂奏疏以聞乞令三省看詳支賜錢物委臨監督而公以是月召還役竟不成先是杭之西湖水涸草生漸成葑田公取葑積之湖中爲長堤以通南北杭人名爲蘇公堤故云我鑿西湖還舊觀一眼已盡西南碧勸農使者非常人謂溫叟上饒使君更超軼謂臨也淳老溫叟字敦夫臨字張秉道乃吳興六客之一時客於杭

君不見元帥府前羅萬戟。濤頭未順千弩射。至今鳳凰山下路。長借一箭開兩翼。我鑿西湖還舊觀。一眼已盡西南碧。又將回奪浮山險。千艘夜下無南北。坐陳三策本人謀。惟留一諾待我畫。老病思歸眞暫寓。功名如幻終何得。從來自笑畫蛇足。此事何殊食雞肋。憐君嗜好更迂闊。得我新詩喜折屐。江湖麤了我竟歸。餘事後來當潤色。一菴閑臥洞霄宮。井有丹砂水長赤。

北夢瑣言杭州連歲潮頭直打羅刹石吳越錢尚父俾張弓弩候潮至逆而射之由是漸退羅刹石化而爲陸地遂列廩庾焉漢溝洫志待詔賈讓言治河有上中下策後漢楊修傳曹操出教曰雞肋外曹莫能曉修獨曰雞肋食之則無所得棄之則如可惜公歸計決矣乃令外白解嚴操於是迴師杭州圖經洞霄宮在餘杭縣西南十八里

荆溪父老愁三害。下斬長蛟本無賴。平生倔强韓退之。文字猶爲鰐魚戒。石門之役萬金耳。首鼠不爲吾已隘。江湖開塞古有數。兩鵠飛來告成壞。勸農使者非常人。

一言已破黎民駭。上饒使君更超軼。坐睨浮山如累塊。髯張乃我結襪生。詩酒淋漓出狂怪。我作水衡生作丞。他日歸朝同此拜。

晉周處傳不修細行州曲患之嘗謂父老曰時和歲豐何苦不樂父老曰三害未除何樂之有處問之荅曰南山白額獸長橋蛟幷子爲三處乃入山射殺猛獸投水搏蛟經三日不出人以爲死皆相慶處乃斬蛟而返遂厲志好學期年州府交辟處義興陽羨人荆溪在陽羨史記漢高祖紀大人常以臣無賴晉均曰江淮之閒謂小兒多詐狡獪爲無賴倔强字出漢書舊唐書李逢吉傳韓愈性木强古詩話韓退之詩尤工用韻寬則泛入旁韻窄則不復旁出木强可見也兩鶴用翟方進鴻隙大陂謠語已再見列子周穆王執化人之袪騰而上者中天廼止暨及化人之宮俯而視之其宮榭若累塊積蘇焉漢張釋之傳王生者善爲黃老言嘗召居廷中公卿盡會立王生曰吾韤解顧謂釋之爲我結韤釋之跪而結之水衡丞用漢龔遂及王生事已再見

施註蘇詩卷之二十九

施註蘇詩卷之三十

漫堂先生宋　犖　長洲顧嗣立

樸園先生張榕端　閲定　毗陵邵長蘅　刪補

商丘宋　至

詩五十七首起守杭州洎元祐辛未名還尋出守潁州作

棕筍并引

棕筍狀如魚，剖之得魚子，味如苦筍而加甘芳。蜀人以饌佛，僧甚貴之，而南方不知也。筍生膚毳中，蓋花之方孕者，正二月間可剝取，過此苦澀不可食矣。取之無害於木，而宜於飲食，法當蒸熟，所施

罯與笱同蜜煮酢浸可致千里外今以餉殊長老

贈君木魚三百尾。中有鵝黃子魚子。夜叉剖癭欲分甘。籜龍藏頭敢言美。願隨蔬果得自用。勿使山林空老死。問君何事食木魚。烹不能鳴固其理。

摭言王璘詩芍藥花開菩薩面椶櫚葉散夜叉頭晉王羲之傳有一味之甘剖而分之莊子山木篇夫子出於山舍故人之家故人喜命豎子殺鴈而烹之豎子請曰其一能鳴其一不能鳴請奚殺主人曰殺不能鳴者

次韻曹子方龍山眞覺院瑞香花 曹子方名輔已見二十七卷

幽香結淺紫。來自孤雲岑。骨香不自知。色淺意殊深。移栽青蓮宇。遂冠薝蔔林。紉爲楚臣佩。散落天女襟。君持風霜節。耳冷歌笑音。一逢蘭蕙質。稍回鐵石心。置酒要

姸暖養花須晏陰及此陰晴閒恐致慳嗇霖彩雲知易散鵯鴂憂先吟明朝便陳迹試著丹青臨

阿彌陀經舍利弗極樂國池中蓮華大如車輪青色青光李太白東林詩我尋青蓮宇獨往謝城闕維摩經如入薝蔔林惟嗅薝蔔不嗅餘香唐釋仲休花品每至牡丹開月多有輕雲微雨謂之養花天文酒清話俗有慳値風嗇値雨之說詳已見揚雄反離騷徒恐鵜鴂之將鳴兮顧先百草爲不芳

次韻曹子方運判雪中同遊西湖

詞源灔灔波頭展清唱一聲巖谷滿未容雪積句先高豈獨湖開心自遠雲山已作歌眉淺山下碧流清似眼尊前侑酒只新詩何異書魚餐蠹簡

次韻仲殊雪中遊西湖二首

夜半幽夢覺稍聞竹葦聲起續凍折絃爲鼓一再行曲

終天自明。玉樓已峥嶸。有懷二三子。落筆先飛霙。共爲竹林會。身與孤鴻輕。秀語出寒餓。身窮詩乃亨。禪老復何爲。笑指孤煙生。我獨念粲者。誰與予目成。

杜荀鶴詩夜深知雪重臥聞折竹聲賈島朝飢詩坐聞西牀琴凍折兩三絃詩國風見此粲者楚辭九歌滿堂兮美人忽獨與余兮目成

寶雲樓閣鬧千門。林靜初無一鳥喧。閉戶莫教風掃地。卷簾疑有月臨軒。水光瀲灔猶浮碧。山色空濛已斂昏。乞得湯休奇絕句。始知鹽雪是陳言。

寶雲寺名南史宋徐湛之傳廣陵有沙門釋惠休善屬文湛之與之厚世祖特令還俗姓湯位至揚州從事史

次韻參寥同前

朝來處處白氈鋪。樓閣山川盡一如。總是爛銀并白玉。

不知奇貨有誰居。史記呂不韋傳子楚不得意不韋賈邯鄲見而憐之曰此奇貨可居

送小本禪師赴法雲

寓形天宇間。出處會有役。澹然都無營。百年何由畢。山林等憂患。軒冕亦戲劇。我來即歸休。師寧要安逸。王城滿豪傑。議論紛黑白。聖諦第一義。對面誰不識。師來亦何事。孤月挂空碧。是身如浮雲。安得限南北。出岫本無心。既雨歸亦得。珠泉有舊約。何年挂缾錫。傳燈錄梁武帝問達磨如何是聖諦第一義又問對朕者誰答云不識互見上卷葉教授和溽字韻詩注挂錫注已見

書渾令公燕魚朝恩圖

咸寧英氣似汾陽。夜飲軍容出紅粧。不須纏頭萬匹錦。知君未辨作呂强。

唐書渾瑊，幾縣樓煩郡王，徙咸寧郡。郭子儀封汾陽郡王。唐魚朝恩傳：朝恩爲天下觀軍容宣慰處置使。大唐故事：稽疑代宗詔王縉等就郭子儀爲軟脚局，朝恩以錦綵數萬與伎人纏頭。後漢呂强傳：爲中常侍，清忠奉公。黄巾賊起，帝問所宜施行，强請先赦黨人。

次韻劉景文西湖席上

二老長身屹兩峰。常撞大呂應黄鍾。將辭鄴下劉公幹。卻見雲間陸士龍。白髮憐君畧相似。青山許我定相從。吾今官已六百石。慙愧當年邴曼容。

周禮大師掌六律六同，以合陰陽之聲。陽聲黄鍾，陰聲大呂。三國魏王粲傳：始文帝爲五官將，及平原侯植好文學，東平劉楨字公幹，並見友善。時在鄴宫。晉陸雲傳：與荀隱素未相識，嘗會張華坐，華曰：今日相遇，可勿爲常談。雲因抗手曰：雲間陸士龍。隱曰：日下荀鳴鶴。雲字士龍，隱字鳴鶴。漢兩龔傳：琅邪邴漢以清行徵用

王莽秉政遂歸老於鄉里兄子曼容亦以養志自修爲官不肎過六百石輒自免去其名過出於漢

次韻答馬忠玉

坡陀巨麓起連峰。積累當年慶自鍾。靈運子孫俱得鳳。慈明兄弟孰非龍。河梁會作看雲別。詩社何妨載酒從。祇有西湖似西子。故應宛轉爲君容。

南史謝靈運子鳳鳳子超宗好學有文辭帝謂殊有鳳毛見本傳後漢荀爽傳字慈明潁川爲之語曰荀氏八龍慈明無雙李陵與蘇武別詩攜手上河梁游子暮何之又曰仰視浮雲馳奄忽互相踰長當從此別且復立斯須又杜詩別時孤雲今不飛時復看雲淚横臆

予去杭十六年而復來留二年而去平生自覺出處老少麤似樂天雖才名相遠而安分寡求亦庶幾焉三月六日來別南北山諸道人而下

天竺惠淨師以醜石贈行作三絶句

當年衫鬢兩青青。强説重臨慰別情。衰髮祇今無可白。故應相對話來生。

出處依俙似樂天。敢將衰朽較前賢。便從洛社休官去。猶有閑居二十年。白樂天醉吟先生傳宦遊三十載將老退居洛下尋水望山如此者凡十年予時年六十有七墓誌云終於東都履道私第春秋七十有五

在郡依前六百日。山中不記幾回來。還將天竺一峰去。欲把雲根到處栽。

次韻答黄安中兼簡林子中

老去心灰不復然。一麾江海意方堅。那堪黄散付子度。

空羨蘇杭養樂天。病肺一春難白酒。別腸三夜繞朱絲。羣仙政欲吾歸去。共把清風借玉川。

漢韓安國傳坐法抵罪獄吏田甲辱安國安國曰死灰不復然乎甲曰然則溺之杜牧之赴吳興詩乞得一麾江海去樂遊原上望昭陵南史蔡廓傳字子度爲吏部尚書問中書令傅亮曰選事若悉以見付不論不然不能拜也云云詳已見前又蔡凝傳宣帝欲用錢肅爲黃門侍郎凝曰黃散之職故須人門兼美白樂天吳郡詩石記貞元初韋應物爲蘇州牧房孺復爲杭州牧韋嗜詩房嗜酒予旅二郡以當時心言異日蘇杭苟獲一郡足矣今以中書舍人閒領二州之風景韋房之詩酒兼有之矣又詩去年脫杭印今日佩蘇印玉川清風用盧仝句注再見

留別蹇道士拱辰

黑月在濁水。何曾不清明。寸田滿荊棘。梨棗無從生。何時反吾眞。歲月今崢嶸。屢接方外士。早知俗緣輕。庚桑託鷄鵠。未肎化南榮。晚識此道師。似有宿世情。笑指北山雲。訶我不歸耕。仙人漢陰馬。微服方地行。

楞嚴經明還日輪暗還黑月佛書西土於一月中三十日内分前十五日爲白月後十五日爲黑月按今沙門戒牒中第一念亦云莊子庚桑楚篇庚桑子謂南榮趎曰奔蜂不能化藿蠋越鷄不能伏鵠卵魯鷄固能矣今吾才小不足以化子子胡不南見老子神仙傳陰長生新野人後漢陰皇后之屬藉少居富貴不好榮利知馬明生得度世之術乃執御者之禮事之十餘年不懈明生曰子眞得道矣乃授以丹經教之合丹二仙既合丹成不樂昇天但服半劑爲地仙故言地行也

次韻子由書王晉卿畫山水

老去君空見畫。夢中我亦曾游。桃花縱落誰見。水到人間伏流。

杜子美觀山水圖詩人間長見畫老去恨空聞又蕭駙馬山亭詩伏流何處入亂石閉門高

山人昔與雲俱出。俗駕今隨水不回。賴我胷中有佳處。一樽時對畫圖開。

陶淵明歸去來辭雲無心而出岫孔德璋北山移文請回俗士駕爲吾謝逋客

又書王晉卿畫四首

山陰陳迹

當年不識此清真。強把先生擬季倫。等是人間一陳迹。聚蚊金谷本何人。

李白王右軍詩右軍本清真蕭灑在風塵晉王羲之傳人以蘭亭叙方石崇金谷集叙崇字季倫韓退之贈張秘書詩雖得一餉樂有如聚飛蚊再見

雪溪乘興

谿山雪月兩佳哉。賓主談鋒夜轉雷。猶言不見戴安道。爲問適從何處來。

晉戴逵字安道訪戴用王徽之事再見唐武儒衡傳元稹倚宦官知制誥儒衡鄙之會食瓜蠅集其上儒衡揮以扇曰適從何處來遽集於此

四明狂客

毫端偶集一微塵。何處溪山非此身。狂客思歸便歸去。更求敕賜枉天眞。

韓退之雜詩下視寓九州一塵集毫端再見唐賀知章自號四明狂客天寶初請爲道士還鄉詔許之又詔賜鏡湖剡溪一曲注再見

西塞風雨

斜風細雨到來時。我本無家何處歸。仰看雲天眞箬笠。旋收江海入蓑衣。

續仙傳張志和漁父詞云西塞山邊白鳥飛桃花流水鱖魚肥青箬笠綠蓑衣斜風細雨不須歸再見

破琴詩并引

舊說房琯開元中嘗宰盧氏與道士邢和璞出遊

過夏口村入廢佛寺坐古松下和璞使人鑿地得甕中所藏婁師德與永禪師書笑謂琯曰頗憶此邪琯因悵然悟前生之爲永師也（房琯事出鄭處誨明皇雜錄見高道傳）故人柳子玉寶此畫云是唐本宋復古所臨者元祐六年三月十九日予自杭州還朝宿吴淞江夢長老仲殊挾琴過余彈之有異聲就視琴頗損而有十三絃予方嘆息不已殊曰雖損尚可修曰奈十三絃何殊不答誦詩云度數形名本偶然破琴今有十三絃此生若遇邢和璞方信秦箏是響泉予夢中了然識其所謂既覺而忘之明日晝寢復夢

殊來理前語再誦其詩方驚覺而殊適至意其非夢也問之殊蓋不知是歲六月見子玉之子子文京師求得其畫乃作詩并書所夢其上子玉名瑾善作詩及行草書復古名廸畫山川草木蓋妙絶一時仲殊本書生棄家學佛通脫無所著皆奇士也

破琴雖未修。中有琴意足。誰云十三絃。音節如佩玉。新琴空高張。絃聲不附木。宛然七絃箏。動與世好逐。陋矣房次律。因循墮流俗。懸知董庭蘭。不識無絃曲。

舊唐書房琯傳爲宰相無匪懈之意但與劉秩等高談虛論此外則聽董庭蘭彈琴庭蘭自是大招納貨賄琯字次律晉陶潛曰但識琴中趣何勞絃上聲再見

題王晉卿畫後

醜石半蹲山下虎，長松倒臥水中龍。試君眼力看多少，數到雲峯第幾重。

贈武道士彈賀若

清風終日自開簾，涼月今宵肎挂簷。琴裏若能知賀若，詩中定合愛陶潛。

續湘山野錄：太宗皇帝作九絃琴七絃阮，酷愛宮調中小調子，乃隋賀若弼所撰，其一最優古而亡其名，琴家祇命曰賀若。

元祐六年六月自杭州召還汶公館我於東堂閱舊詩卷次諸公韻三首

半熟黃粱日未斜，玉堂陰合手栽花。卻尋一作思三十年前味。未飯鐘時已飯（一作飲）茶。
夢覺還驚屧響廊。故人來炷影前香。鬢須白盡成何事。
一帖空存老遂良。
法帖褚遂良云即日遂良鬢髮盡白
尺一東來喚我歸。衰年已迫故山期。文章曹植今堪笑。
卻卷波瀾入小詩。
漢匈奴傳漢遺單于書以尺一牘後漢陽球傳徙衞尉敕尚書令召拜不得稽留尺一按尺一版謂詔策也見漢官儀杜酬高蜀州詩文章曹植波瀾闊再見

次韻子由書王晉卿畫山水一首而晉卿和二首

誤點故教同子敬。雜篇眞欲擬湯休。壠雲寄我山中信。

雪月追君谿上舟。會看飛仙虎頭篋。卻來顛倒拾遺裘。王孫辦作玄眞子。細雨斜風不濕鷗。

晉王獻之傳字子敬桓溫使書扇筆誤落因畫作烏駁㸶牛甚妙南史湯休注見本卷又江淹作雜擬三十首有擬湯休上人詩云西北秋風至楚客思悠哉日暮碧雲合佳人殊未來本事詩梁高祖問陶弘景山中何所有陶爲詩曰山中何所有嶺上多白雲只可自怡悅不堪持寄君名畫記顧愷之小字虎頭飛仙用桓玄發廚竊畫事詳見廿六卷次韻米黻詩注杜子美北征詩天吳及紫鳳顛倒在短褐子美以至德二年拜左拾遺見本傳續仙傳張志和號玄眞子注屢見

此境眼前聊妄想。幾人林下是眞休。我今心似一潭月。君已身如萬斛舟。看畫題詩雙鶴鬢。歸田送老一羊裘。明年兼與士龍去。萬頃蒼波沒兩鷗。

圓覺經展轉妄想無有是處寒山詩吾心似秋月碧潭清皎潔杜夔州絕句萬斛之舟行若風北史房法壽傳得一羊裘欣然自足晝則樵蘇夜誦經史晉陸雲字士龍士衡弟詩以况子由也杜贈韋左丞詩白鷗沒浩蕩萬里誰能馴

感舊詩 幷引

嘉祐中予與子由同舉制策寓居懷遠驛時年二十六而子由二十三耳一日秋風起雨作中夜翛然始有感槩離合之意自爾宦遊四方不相見者十嘗七八每夏秋之交風雨作木落草衰悽然有此感葢三十年矣元豐中謫居黃岡而子由亦貶筠州嘗作詩以記其事元祐六年予自杭州召還寓居子由東府數月復出領汝陰時予年五十六矣乃作詩畱別子由而去

牀頭枕馳道。雙闕夜未央。車轂鳴枕中。客夢安得長。新秋入梧葉風雨驚洞房獨行殘月影悵焉感初涼筮仕記懷遠謫居念黃岡一住三十年此懷未始忘扣門呼阿同安寢已太康青山映華髮歸計三月糧我欲自汝陰徑上潼江章想見冰盤中石蜜與柿霜公自注予欲請東川而歸二物皆東川所出憐子遇明主憂患已再嘗報國何時畢我心久已降江淹擬古詩雙闕指馳道朱宮羅第宅詩小雅夜如何其夜未央按東府在馳道旁故云枕馳道也阿同子由一字同叔唐地里志潁州汝陰郡梓州梓潼郡

西湖秋涸東池魚窘甚因會客呼網師遷之西池爲一笑之樂夜歸被酒不能寐戲作放魚一首

東池浮萍半黏塊裂碧跳青出魚背西池秋水尚涵空

舞闊搖深吹荇帶。吾僚有意爲遷居。老守縱饞那忍膾。縱橫爭看銀刀出。瀺灂初驚玉花碎。但愁數罟損鱗鬣。未信長堤隔濤瀨。濊濊發發須臾間。圉圉洋洋尋丈外。安知中無蛟龍種。尚恐或有風雲會。明年春水漲西湖。好去相忘渺淮海。

杜子美詩水荇牽風翠帶長韓退之詩出網銀刀亂上林賦臨坻注壑瀺灂霣墜字林曰瀺灂小水聲也又潘岳閑居賦游鱗瀺灂數罟用孟子字詩國風施罛濊濊鱣鮪發發鄭氏注罛魚罟濊濊施之水中發發盛貌孟子趙氏注圉圉魚在水羸劣之貌洋洋舒緩搖尾之貌北戶雜錄陶朱公養魚經云魚至三百六十頭則有蛟龍長之因風雨則飛去三國周瑜曰蛟龍得雲雨終非池中物莊子大宗師魚相忘於江湖人相忘於道術

復次放魚韻答趙承議陳教授 趙景貺 陳履常

擾擾萬生同一塊。搶榆不羨培風背。青丘已吞雲夢芥。

黄河復繚天門帶。長讖韓子隘且陋。一飽鯨魚何足膾。東坡也。是可憐人。披扶泥沙收細碎。逝將歸修一作休八節灘。又欲往釣七里瀨。正似此魚逃網中。未與造物遊數外。且將新句調二子。湖上秋高風月會。爲君更喚木腸兒。腳扣兩舷歌小海。

莊子逍遥遊九萬里則風斯在下矣而後乃今培風背負青天而莫之夭閼者而後乃今將圖南蜩與鷽鳩笑之曰我決起而飛搶榆枋時則不至而控於地而已矣奚以九萬里而南爲漢功臣年表封爵之誓曰使黄河如帶泰山若厲泰山記山頂有大天門小天門黄河去嶽三百餘里日觀望之如帶韓退之贈劉師服詩巨緡東釣儻可期與子共飽鯨魚膾白樂天開八節灘詩序云東都龍門潭之南有八節灘顧野王輿地志七里灘在東陽江下與嚴陵瀨相接晉夏統傳賈充謂統曰頗能作鄉土間曲乎統曰國人痛伍子胥忠烈爲小海唱於是以足扣船引聲喉轉充使伎女之徒盛服金翠繞其船三匝統危坐若無所聞充曰此吳兒木人石心也韓退之荷花詩腳敲兩舷叫吳歌

九月十五日觀月聽琴西湖示坐客

白露下衆草。碧空卷微雲。孤光爲誰來。似爲我與君。水天浮四坐。河漢落酒樽。使我冰雪腸。不受麴糵醺。尚恨琴有絃。出魚亂湖紋。哀彈奏舊曲。妙耳非昔聞。良時失俯仰。此見寧朝昏。懸知一生中。道眼無由渾。

宋玉九辯白露既下百草兮奄離披此梧楸韓退之秋懷詩白露下百草蕭蘭共憔悴荀子瓠巴鼓瑟游魚出聽

復次韻謝趙景貺陳履常見和兼簡歐陽叔弼兄弟

趙景貺名令時神宗初以承議郎簽書判官在東坡潁川幙府公謂其吏事通敏文采俊麗志節端亮議論英發時教授陳履常公門人相與倡疇既力薦於朝又爲著說改字德麟公由潁徙揚自揚召入再上疏薦之遂除光祿丞紹興間封安定郡王履常名師道家彭城少而好學苦志年十六以文謁曾子固知其必以文高世通於詩經尤邃詩禮爲文精深雅奥喜作詩小不中意輒

焚去存者財十一熙寧中王氏之學盛行履常心非其說遂絕意進取元祐初公與傅欽之堯俞孫莘老覺薦其文行起家爲徐州教授公守杭履常以知己之義求郡檄送行守不聽以疾謁告别於南京詩云豈不畏簡書放麑誠不忍後除太學博士言者用是論之改教授潁州復相從於此家素窮或經日不炊澹如也召爲秘書省正字卒歐陽叔弼名棐季默名辯皆文忠子此詩云或勸莫作詩兒輩工織紋當元豐閒公坐詩遷謫至是賈易趙君錫又以揚州詩有山寺歸來聞好語之句爲聞神宗上仙之報而作宣仁力爲辯明君錫輩從官而公亦丐頴以去此聯意實在此是家有甘井汲多終不渾則以文忠公家而發也

能詩李長吉。識字揚子雲。端能望此府。坐嘯獲兩君。逝將江湖去。浮我五石樽。眷焉復少留。尚爲世所醺。或勸莫作詩。兒輩工織紋。朱絃寄三歎。未害俗耳聞。共尋兩歐陽。伐薪照黄昏。是家有甘井。汲多終不渾。

唐李賀傳字長吉七歲能辭章韓愈使賦詩援筆輒就漢揚雄傳字子雲劉棻嘗從雄學作奇字杜子美醉時歌子雲識字終投閣舊唐書韋思謙傳屈公數句以

望此府再見莊子逍遥遊子有五石之瓠何不慮以爲大樽而浮乎江湖杜宿贊公土室詩明燃林中薪暗汲古底井又示從孫濟詩淘米少汲水汲多井水渾

送歐陽主簿赴官韋城四首 名憲文忠公孫

鳳雛驥子日相高。白髮蒼顏笑我曹。讀徧牙籤三萬軸。欲來小邑試牛刀。

出處年來恨不齊。一尊臨水記分攜。江湖咫尺吾將老。汝潁東流子卻西。

白馬津頭春水來。白魚猶喜似江淮。使君已復冰堂酒。更勸重新畫舫齋。

九域志滑州黎陽津一名白馬津漢酈食其傳守白馬之津歐陽畫舫齋記予至滑之三月即其署東偏之室爲燕居名曰畫舫齋韋城滑屬邑

道傍埀白定霑巾。正似當年綠髮新。故國依然喬木在。

典刑復見老成人。

泛潁

我性喜臨水。得潁意甚奇。到官十日來。九日河之湄。吏民笑相語。使君老而癡。使君實不癡。流水有令姿。遶郡十餘里。不駛亦不遲。上流直而清。下流曲而漪。畫船俯明鏡。笑問汝爲誰。忽然生鱗甲。亂我須與眉。散爲百東坡。頃刻復在茲。此豈水薄相。與我相娛嬉。聲色與臭味。顚倒眩小兒。等是兒戲物。水中少磷緇。趙陳兩歐陽同參天人師。觀妙各有得。共賦泛潁詩。

陶淵明和尚西曹詩蕤賓五月中清朝起南颸不駛亦不遲飄飄吹我衣劉禹錫牛渚詩秋江鱗甲生又白樂天詩伊水細浪鱗甲生莊子水靜則明燭須眉傳燈

錄良价禪師過水觀影大悟有偈曰我今獨自往處處得逢渠渠今正是我我今不是渠按公詩散爲百東坡頌刻復在玆正㸃用禪師語老子常無欲以觀其妙

六觀堂老人草書

公自注六觀取金剛經夢幻等六物也老人僧了性精於醫而善草書下筆有遠韻而人莫知貴故作此詩

物生有象象乃滋夢幻無根成斯須方其夢時了非無
泡影一失俯仰殊清露未晞電已徂此滅滅盡乃眞吾
云如死灰實不枯逢場作戲三昧俱化身爲醫忘其軀
草書非學聊自娛落筆已喚周越奴蒼鼠奮髯飲松腴
剡藤玉板開雪膚遊龍天飛外人呼莫作羞澀羊氏姝

左傳僖公十五年韓簡曰龜象也筮數也物生而後有象象而後有滋滋而後有數金剛經一切有爲法如夢幻泡影如露亦如電應作如是觀傳燈錄鄧隱峰對馬祖曰竿木隨身逢塲作戲法書苑周越善草書而不逮懷素又先生不喜周越草書謂其險劣嘗跋懷素帖云此書不佳乃似周越云晉王羲之傳善隷書論者稱

其筆勢以爲飄若遊雲矯若驚龍韋續書訣墨藪梁武帝評羊欣書如大家婢爲夫人雖加位遇而舉止羞澀終不近似法書苑亦云

次韻劉景文見寄

淮上東來雙鯉魚巧將詩信渡江湖細看落墨皆松瘦想見掀髯正鶴孤烈士家風安用此書生習氣未能無莫因老驥思千里醉後哀歌缺唾壺

晉王敦傳每酒後輒詠魏武樂府老驥伏櫪志在千里云云以如意擊唾壺以爲節壺邊盡缺

次韻趙景貺督兩歐陽詩破陳酒戒

商也哀未忘歲月忽已秋祥琴雖未調餘悲不敢畱矧此乃韻語未入金石流羲之生五子一作之總角出銀鉤吾家有二許下筆兩不休君言不能詩此語人信不干鍾

斯爲尭百榼斯爲丘陋矣陶士衡當以大白浮酒中邪有失醉則不驚鷗明當罰二子已洗兩玉舟

檀弓子夏既除喪而見與之琴和之而不和彈之而不成聲作而曰哀未忘也先王制禮弗敢過也晉王羲之傳有七子知名者五人索靖傳作草書狀曰婉若銀鉤飄若驚鸞二許謂蘇許公父子瓌頲也故曰吾家魏文帝典論論文云班固與弟超書曰武仲以能屬文爲蘭臺令史下筆不能自休後漢孔融傳曹操制酒禁融頻書爭之曰尭不千鍾無以建太平孔非百榼無以堪上聖又孔叢子子路嗑嗑尚飲百榼云云已見前晉陶侃傳字士衡每飲酒有定限殷浩等勸更少進侃悽懷良久曰年少時曾有酒失亡親見約故不敢踰大白注再見周禮秋嘗冬烝祼用斝彝黃彝皆有舟王注二子謂歐與陳兩玉舟則先生實有揚州藥玉船也

叔弼云履常不飲故不作詩勸履常飲

我本畏酒人臨觴未嘗訴平生坐詩窮得句忍不吐吐酒茹好詩肝胃生滓汙用此較得喪天豈不足付吾儕非二物歲月誰與度悄然得長愁爲計已大誤二歐非

無詩恨子不飲故强爲嚼一酌將非作愁具成言如皦日援筆當自賦他年五君詠山王一時數

白樂天思舊詩且進杯中物其餘皆付天左傳襄公二十七年宋向戌從子木成言於楚詩國風謂余不信有如皦日南史顏延年作五君詠山濤王戎以貴顯被黜丹見

臂痛謁告作三絶句示四君子

公退清閑如致仕酒餘歡適似還鄉不妨更有安心病臥看縈簾一炷香

心有何求遣病安年來古井不生瀾祇愁戲瓦閑童子卻作泠泠一水看

楞嚴經月光童子言嘗於比丘室中安禪我有弟子窺窗觀室惟見清水遍在室中了無所見童稚無知取一瓦礫投於水内激水作聲顧盻而去我出定後頓覺

心痛又互見前注

小閤低牕臥晏溫了然非默亦非言維摩示病吾眞病誰識東坡不二門

史記漢武帝紀至中山晏溫有黃雲蓋焉如淳曰三輔謂日出淸濟爲晏晏而溫也

到潁未幾公帑已竭齋厨索然戲作

我昔在東武吏方謹新書齋空不知春客至先愁予采杞聊自誑食菊不敢餘歲月今幾何齒髮日向踈幸此一郡老依然十年初夢飮本來空眞飽竟亦虛尚有赤脚婢能烹赬尾魚心知皆夢耳愼勿歌歸歟

白樂天詩渴人多夢飮饑人多夢食寶積經說食者竟無所飽夢飽者竟無所得韓退之寄盧仝詩一婢赤脚老無齒

景既履常屢有詩督叔弼季默倡和已許諾矣復以此句挑之

君家文律冠西京、旋築詩壇按酒兵。袖手莫輕眞將種、致師須得老門生。明朝鄭伯降誰受、昨夜條侯壁已驚。從此醉翁天下樂、還應一舉百觴傾。

韓祭柳子厚文不善爲斵血指汗顏巧匠旁觀縮手袖間漢齊悼惠王傳朱虛侯章曰臣將種也又晉書胡貴嬪嘗與帝博爭道傷帝指帝怒曰眞將種也周禮夏官環人掌致師鄭氏云致其必戰之志左傳僖二十八年鄭伯如楚致其師唐書選舉志舉人既及第綴行通名詣主司第則謂門生按將種謂兩歐陽門生則公自謂也左傳宣十二年楚子克鄭鄭伯肉袒牽羊以迎漢周亞夫傳景帝詔使救梁亞夫不奉詔堅壁不出夜軍中驚內相攻擊擾亂至於帳下亞夫堅臥不起頃之復定亞夫封條侯醉翁歐陽公自謂也歐公寄蘇子美詩我亦願助勇鼓旗噪其旁快哉天下樂一釂宜百觴

贈月長老

天形倚一笠。地水轉兩輪。五伯之所運。毫端棲一塵。功名半幅紙。兒女浪苦辛。子有折足鐺。中容五合陳。十年此中過。卻是英特人。延我地爐坐。語軟意甚眞。白灰如積雪。中有紅麒麟。勿觸紅麒麟。作灰維那瞋。拱手但默坐。牆壁徒諄諄。今宵恨客多。汙子白氎巾。後夜當獨來。不煩主與賓。蒲團坐紙帳。自要觀我身。

虞聳穹天論天形如笠而冒地之表晉天文志引葛洪渾天說云天如鷄子地如鷄中黃天表裏有水各乘氣而立載水而行周天三百六十五度半覆地上半繞地下走轉如車轂之運也傳燈錄汾州無業國師云看它古德得意之後茅茨石室向折脚鐺子裏煮飯喫杜贈閭丘師兄詩夜闌接軟語屢見紅麒麟獸炭也傳燈錄牆壁瓦礫亦能說法杜贊公房詩細軟青絲履光明白氎巾深藏供老宿取用及吾身

次韻答錢穆父穆父以僕得汝陰用杭越酬唱

韻作詩見寄

大耿疲勞已離羣。小馮慈愛且當門。公自注軾本以舍弟親嫌請郡玉堂不著扶犂手。霜鬢偏宜畫鹿轓。豪傑雖無兩王繼。風流猶有二歐存。公自注兩王謂子直深父二歐謂叔弼季默清詩已入新歌舞。要使邦人識雅言。

後漢耿弇傳張步曰尤來大彤十餘萬衆吾皆即其營而破之今大耿兵少又皆疲勞足可摧乎注弇耿況之長子故呼爲大耿小馮注巳再見謝承後漢書鄭弘爲臨淮太守行春有兩白鹿隨車夾轂而行主簿黃質曰三公車旛畫作鹿明府當爲相乎後果爲太尉

韓退之孟郊墓銘云以昌其詩舉此問王定國當昌其身耶昌其詩也來詩下語未契作此荅之

王定國與吳正憲充馮文簡京素善而師友東坡舒亶輩欲傾二公因坡詩獄羅織定國遂南行萬里三年而歸司馬溫公當國深

器遇之東坡在翰林以人言力請郡去未幾定國亦報罷此詩自愼勿怨謗讒以下端爲定國發也

昌身如飽腹飽盡還復飢昌詩如膏面爲人作容姿不如昌其氣鬱鬱老不衰雖云老不衰刼壞安所之不如昌其志志一氣自隨養之塞天地孟軻不吾欺人言魏勃勇股栗向小兒何如魯連子談笑卻秦師愼勿怨謗讒乃我得道資淤泥生蓮花糞壤出菌芝賴此善知識使我枯生荑吾言豈須多冷暖子自知

送歐陽推官赴華州監酒

我觀文忠公四子皆超越仲也珠徑寸照夜光如月好詩眞脫兔下筆先落鶻知音如周郎議論亦英發文章

乃餘事。學道探玄窟。死爲長白主。名字書絳闕。公自注熙寧之末仲純父見僕於京城之東曰吾夢道士持告身授吾曰上帝命汝爲長白山主此何祥也明年仲純父沒傷心清潁尾。巳伴白鷗沒。喜見三少年。俱有千里骨。千里不難到。莫遣歷塊蹶。臨分出苦語。願子書之笏。

四子發伯和奕仲純棐叔弼辯季默史記田敬仲完世家梁王曰寡人國小也尚有徑寸之珠照車前後各十二乘者十枚三國吳周瑜精意音樂有闕誤瑜必知之詳見廿六卷次韻王都尉詩注呂蒙傳孫權論蒙曰籌畧奇至可次公瑾但言議英發不及耳瑜字公瑾歷塊字出漢書王褒傳詳十二卷韓幹牧馬圖詩注晉輿服志古者貴賤皆執笏有事則書之釋名笏忽也有教命及所啟白則書其上備忽忘也又法書苑秦有八體書其七曰殳書徐鍇曰書於殳也文書笏武書殳

十月十四日以病在告獨酌

翠柏不知秋。空庭失搖落。幽人得嘉蔭。露坐方獨酌。月、華稍澄穆。霧氣尤清薄。小兒亦何知。相語翁正樂。銅爐

燒柏子石鼎煑山藥一盃賞月露萬象紛酬酢此生獨何幸風纜欣初泊逝逃顔跖網行赴松喬約莫嫌風有待漫欲戲寥廓泠然心境空彷彿來笙鶴

歐陽公顔跖詩顔回飲瓢水陋巷臥曲肱盜跖厭人肝九州恣橫行回仁而短命跖壽死免兵愚夫仰天呼禍福豈足憑云云漢王襃傳偃仰詘信若彭祖呴噓呼吸如喬松顔師古曰喬王喬松赤松子也莊子逍遥遊列子御風而行泠然善也此雖免乎行猶有所待也屢見列仙傳王子喬好吹笙作鳳凰鳴於緱氏山頭乘白鶴駐山嶺舉手謝時人數日而去

獨酌試藥玉滑盞有懷諸君子明日望夜月庭佳景不可失作詩招之

鎔鉛煑白石作玉眞自欺琢削爲酒盃規摹定州瓷荷心雖淺狹鏡面良渺瀰持此壽佳客到手不容辭曹侯

天下平。定國豈其師。一飲至數石。溫克頗似之。風流越王孫。詩酒屢出奇。喜我有此客。玉杯不徒施。請君詰歐陳。問疾來何遲。呼兒掃月榭。扶病及良時。漢張釋之傳廷尉天下平也于定國傳爲廷尉食酒至數石不亂冬月治請讞飲酒益精明詩小雅人之齊聖飲酒溫克

歐陽季默以油煙墨二九見餉各長寸許戲作小詩

書牕拾輕煤。佛帳掃餘馥。辛勤破千夜。收此一寸玉。癡人畏老死。腐朽同草木。欲將東山松。涅盡南山竹。墨堅人苦脆。未用歎不足。且當注蟲魚。莫草三千牘。漢公孫賀傳朱安世曰南山之竹不足受我辭斜谷之木不足爲我械韓退之讀皇甫湜詩爾雅注蟲魚定非磊落人史記滑稽傳東方朔初入長安至公車上書

凡用三千奏牘再見

明日復以大魚爲饋重二十斤且求詩故復戲之

漢庭九尺人誰似老方朔那將一寸金令足三冬學餉魚欲自洗鱗尾生卓犖我是騎鯨手聊堪充鹿角漢東方朔傳初來上書曰臣年十二學書三冬文史足用揚雄羽獵賦乘鉅鱗騎鯨魚杜送孔巢父詩若逢李白騎鯨魚道甫問信今何如歐陽公達頭魚詩吾聞海之大物類無窮極毛魚與鹿角一龠數千百鹿角小魚也

和趙景貺栽檜

汝陰多老檜處處屯蒼雲地連丹砂井物化青牛君時有再生枝公自注潁之靈壇觀有再生檜還作左紐紋王孫有古意書室延

清芬應憐四孺子不墮凡木羣體備松柏姿氣含芝朮薰初扶鶴立骨未出龍纏筋巢根白蟻亂網葉秋蟲紛乃知蔽芾初甚要封殖勤他年皮三寸狐鼠了不聞

玄中記千歲之樹精化爲青羊萬歲之樹精化爲青牛秦始皇使人伐大樹有青牛躍出走入豐水青瑣高議亳州太清宮八檜有左紐煉丹等名王注杜甫有種四小松詩又管子對齊侯問苗曰苗始其少也煦煦乎何其孺子也今栽檜亦適有四故云爾雅釋木柏葉松身曰檜漢晁錯傳胡貉之地木皮三寸冰厚六尺

施註蘇詩卷之三十

施註蘇詩卷之三十一

漫堂先生宋　犖　　長洲顧嗣立

樸園先生張榕端　閲定　　毗陵邵長蘅　刪補

商丘宋　至

詩三十九首 時守潁州作

葉待制求先墳永慕亭詩

葉待制名康直字景溫建州人擢進士第知光化縣其政務便民以治績顯歷秦鳳陝西轉運饟涇原師知秦州夏人寇甘谷景溫戒諸將設伏以待殲其二酋自直龍圖閣進待制陝西都轉運使請亳州名爲兵部侍郎卒

靈區有異產。化國無潛珍。承平百年間。簪纓半齊民。建谿富奇偉。葉氏初隱淪。森然見喬木。其下維德人。佳哉鬱蔥蔥。氣若鳳與麟。聯翩出儒將。豈惟十朱輪。新松無鹿觸舊柏有烏馴待公歸上冢。淚葉乃肎春。

[漢賈誼傳]襲九淵之神龍兮沕淵潛以自珍[楊惲傳]家方隆盛時乘朱輪者十人[晉許孜傳]二親沒孜宿墓所列植松柏時有鹿犯其松栽孜悲歎之明日鹿爲猛獸所殺置於栽下自後樹木滋茂而無犯者[唐褚無量傳]廬母墓左鹿犯所植松柏無量號訴曰山林不乏忍犯吾塋樹耶自是羣鹿馴擾[北史蕭放傳]字希逸居喪廬前有二慈烏各集一樹爲巢馴庭飲啄每到臨時舒翼悲鳴有似助哀也放與無量二事竝互見廿一卷思成堂詩[晉王裒傳]廬父墓側常攀柏悲號涕淚著樹樹爲之枯[孟郊]古薄命妾行古山有蘼蕪淚葉長不乾

與趙陳同過歐陽叔弼新治小齋戲作

江湖渺故國。風雨傾舊廬。東來三十年。媿此一束書。尺椽亦何有。而我常客居。羡君開此室。容膝眞有餘。拊牀琴動搖。弄筆窻明虛。後夜龍作雨。天明雪塡渠。[公自注]時方禱雨龍

祠作此句時星斗粲然四更風雨大至明日乃雪

夢回聞剝啄誰乎一作呼趙陳予添丁走沽酒。通德起挽蔬。主孟當啗我。玉鱗金尾魚。一醉忘其家。此身自籧篨。

韓退之示兒詩始我來京師止攜一束書辛勤三十年以有此屋廬此屋豈爲華於我自有餘通德伶玄之妾樊通德也已見國語施優謂里克曰主孟啗我注云大夫之妻從夫稱主而孟則里克妻字也籧篨麤竹席已見先生詩話元祐六年十月二十六日禱雨張龍公會景貺履常二歐陽子作詩云夢回聞剝啄誰乎趙陳予景貺拊掌曰句法甚新前人未有此法季默曰有之長官請客吏請客目曰主簿少府我卽此語也

聚星堂雪 并引

元祐六年十一月一日禱雨張龍公得小雪與客會飲聚星堂忽憶歐陽文忠公作守時雪中約客賦詩禁體物語於艱難中特出奇麗爾來四十餘

年莫有繼者僕以老門生繼公後雖不足追配先生而賓客之美殆不減當時公之二子又適在郡故輒舉前令各賦一篇廬陵集載雪詩注云時在潁州作其序曰玉月梨梅練絮白舞鵝鶴銀等字皆請勿用

牕前暗響鳴枯葉。龍公試手行初雪。映空先集疑有無。作態斜飛正愁絕。衆賓起舞風竹亂。老守先醉霜松折。恨無翠袖點橫斜。衹有微燈照明滅。歸來尚喜更鼓暗。晨起不待鈴索掣。未嫌長夜作衣稜。卻怕初陽生眼纈。欲浮大白追餘賞。幸有回飈驚落屑。糢糊檜頂獨多時。歷亂瓦溝裁一瞥。汝南先賢有故事。醉翁詩話誰續說。當時號令君聽取。白戰不許持寸鐵。

歐陽叔弼見訪誦陶淵明事歎其絕識既去感槩不已而賦此詩

淵明求縣令本緣食不足束帶向督郵小屈未爲辱翻然賦歸去豈不念窮獨重以五斗米折腰營口腹云何元相國萬鍾不滿欲胡椒銖兩多安用八百斛以此殺其身何翅抵鵲玉往者不可悔吾其反自燭

唐元載傳爲相聚斂無涯賜死後籍其家胡椒至八百石他物稱是鹽鐵論崑山之旁以玉抵烏鵲

喜劉景文至

天明小兒更平聲傳呼髯劉已到城南隅尺書真是髯手迹起坐熨眼知有無今人不作古人事今世有此古丈

夫。我聞其來喜欲舞。病自能起不用扶。江淮旱久塵土惡。朝來清雨濯鬢鬚。相看握手雨。無事千里。一笑無乃迂。平生所樂在吳會。老死欲葬杭與蘇。過江西來二百日。冷落山水愁吳姝。新堤舊井各無恙。參寥六一豈念吾。別後新詩巧摹寫。袖中知有錢塘湖。新堤謂所築蘇公堤舊井謂所治唐六井參寥六一二泉名先生有參寥泉銘又有六一泉銘皆杭州事

禱雨張龍公既應劉景文有詩次韻

張公晚爲龍。抑自龍中來。伊昔風雲會。咄嗟潭洞開。精誠苟可貫。賓主眞相陪。洞簫振羽舞。白酒浮雲罍。言從關州妃。遠去焦氏臺。傾倒缾中雨。一洗麥上埃。破旱不

論功乘雲卻空回。嗟龍與我輩。用意豈遠哉。使君今子義。英風冠東萊。笑說龍爲友。幽明莫相猜。

歐陽公集古跋尾張龍公碑唐趙耕撰有云公常釣於焦氏臺之陰夫人關州石氏又詳本卷次韻陳履常張公龍潭詩注見後漢書洞簫注云簫之無底者周禮凡舞有帗舞有羽舞又再獻用兩山尊皆有罍鄭氏注山罍刻畫爲山雲之形三國志吳太史慈字子義東萊黃人也最有膽烈

劉景文家藏樂天身心問答三首戲書一絕其後

淵明形神自我。樂天身心相物。而今月下三人。他日當成幾佛。

陶淵明有形贈影影答形神釋三首序云貴賤賢愚莫不營營以惜生斯甚惑焉故極陳形影之苦言神辨自然以釋之好事君子共取其心焉白樂天有心問身身報心心重答身三絕句題云閑臥獨吟無人酬和聊假身心相戲復爲南史孟顗事佛精懇而爲謝靈運所輕嘗謂顗曰得道應須慧業文人生天在靈運前成

佛當在靈運後再見

西湖戲作 [王注]杭潁皆有西湖先生連守二州其到潁有謝執政啟云入參兩禁用玷北扉之榮出典二邦輒爲西湖之長

一士千金未易償。我從陳趙兩歐陽。舉鞭拍手笑山簡。
祇有并州一葛強。

晉山簡傳兒童歌之曰舉鞭向葛彊何如并州兒彊家在并州簡愛將也又互見前

送歐陽季默赴闕

先生豈止一懷祖。郎君不減王文度。膝上幾日今白須。
令我眼中見此父。汝南相從三晦朔。君去苦早我來暮。
霜風淒緊正脫木。潁水清淺可立鷺。莫辭白酒瀉香泉。
已覺扁舟掠新渡。坐看士衡執別手。更遣夢得出奇句。

郎君可是筦庫人。乃使駁驥隨蹇步。置之行矣無足道。賢愚豈在遇不遇。

晉王述傳字懷祖愛其子坦之雖長大猶抱膝上王坦之傳字文度時人語曰江東獨步王文度王羲之常謂諸子曰吾不減懷祖而位遇懸邈當由汝等不及坦之故耶竝再見晉陸機字士衡弟字士龍唐劉禹錫字夢得按時李默兄叔弼及劉景文在潁故有坐看士衡之句禮記趙文子之於晉國舉筦庫者七十餘家杜子美錦樹行天驥跛足隨驘牛

用前韻作雪詩畱景文

萬松嶺上黃千葉。載酒年年踏松雪。劉郎去後誰復來。花下有人心斷絕。東齋夜坐搜雪句。兩手龜拆霜須折。無情。豈亦畏嘲弄。穿簾入戶吹燈滅。紛紛兒女爭所似。碧海長鯨君未掣。朝來雲漢接天流。顧我小詩如點纈。

歐陽趙陳在戶外，急掃中庭鋪木屑。交遊雖似雪柏堅，聚散行作風花瞥。晴光融作一尺泥，歸有何事眞無說。泥乾路穩放君去，莫倚馬蹏如踣鐵。

莊子不龜手注其藥能令手不龜拆已見白樂天與元九書梁陳閒率不過嘲風雪弄花草而已杜子美詩未掣鯨魚碧海中晉陶侃傳鎮武昌時造船木屑及竹頭悉令舉掌之咸不解後正會積雪始晴聽事前餘雪猶濕于是以屑布地杜子美驄馬行腕促蹏高如踣鐵交河幾蹴層冰裂

和劉景文見贈

元龍本志陋曹吳，豪氣崢嶸老不除。失路今爲噲等伍，作詩猶似建安初。西來爲我風黧面，獨臥無人雪縞廬。畱子非爲十日飲，要令安世誦亡書。

三國志元龍湖海之士豪氣不除詳已見前漢韓信傳嘗過樊噲噲曰大王乃肎臨臣信出笑曰生乃與噲等爲伍建安後漢末年號魏文帝典論曰今之文人魯

國孔融文舉廣陵陳琳孔璋山陽王粲仲宣北海徐幹偉長陳留阮瑀元瑜汝南應瑒德璉東平劉楨公幹此七子皆在建安時也韓退之薦士詩五言出漢時蘇李首更號東都漸瀰漫派別百川導建安能者七卓犖變風操列子黃帝篇商丘開年老力弱面目黧黑史記范睢傳秦昭王遺平原君書曰君幸過寡人願與君爲十日之飲漢張安世傳上行幸河東亡書三篋詔問莫能知唯安世識之具述其事後購求得書以相校無所遺失

和劉景文雪

占雨又得雪龜寧欺我哉似知吾輩喜故及醉中來童子愁氷硯佳人苦膠去聲杯那堪李常侍入蔡夜銜枚

左傳昭二十五年臧昭伯如晉臧會竊其寶龜僂句以卜僭吉曰僂句不吾欺也杜預注僂句龜所出地名王注膠字去聲與白樂天一楪膠牙餳之膠同膠杯雖出莊子置杯焉則膠而此所謂膠杯乃是酒凍也唐李愬傳討吳元濟夜半冒雪入駐元濟外宅周禮大司馬篇銜枚而進注枚如箸銜之軍法以止語

次前韻送劉景文

白雲在天不可呼明月豈肯留庭隅怪君西行八百里

淸坐十日一事無，路人不識呼尚書。但見凜凜雄千夫，〔公自注〕君一馬兩僕率然相訪，逆旅多呼尚書，意謂君都頭也。豈知入骨愛詩酒，醉倒正欲蛾眉扶。一篇向人寫肝肺，四海知我霜鬢須。〔公自注〕君前有詩見寄云：四海共知霜鬢滿，重陽曾插菊花無。歐陽趙陳皆我有，豈謂夫子駕復迂。遹來又見三點柳，共此暖熱餐氊蘇。酒肴酸薄紅粉暗，祇有頳水清而姝。一朝寂寞風雨散，對影誰念月與吾。〔公自注〕郡中日與歐陽叔弼、趙景貺、陳履常相從，而景文復至，不數日柳戒之亦見過，賓客之盛，頃所未有。然又數日，叔弼、景文、戒之皆去矣。何時歸帆泝江水，春酒一變甘棠湖。〔公自注〕景文近卜居九江，近甘棠湖。

仙傳拾遺：穆王觴西王母於瑤池上，王母謠曰：白雲在天，山陵月出，道里悠遠，山川間之。唐袁滋傳：與之接者，皆目謂可見肺肝。白樂天對酒詩：賴有酒仙相暖熱。餐氊用漢蘇武事。庾信出橫門詩：明朝風雨散，何處更相尋。

以屏山贈歐陽叔弼

漫郎天骨清生與世俗異學道新有得爲貧聊復仕每於紅塵中嘗起青霞志屏山輟贈予莫遣汚簪珥寓目紫翠間安眠本非睡夢中化爲鶴飛入長松寺

漫郎用元結傳語屢見江文通恨賦鬱青霞之奇意杜牧之詩千峰横紫翠遺教經睡蛇既出乃可安眠

新渡寺席上次趙景貺陳履常韻送歐陽叔弼

比來諸君唱和叔弼但袖手旁睨而已臨別忽出一篇頗有淵明風致坐皆驚歎

神屠不目全妙額惟糚牛更刀乃族庖倚市必醜悍平生魏公籌忽斲郢人墁詩書亦何用適道須此館多言

雖數窮微中或排難子詩如清風翏翏六收反發將旦胡爲久閉匿綺語眞自患許時笑我癡隔屋相詠歎竟識彥道不絕叫呼百萬清朝固多士人門子皆冠莫言清穎水從此隔河漢異時我獨來得魚楊柳貫持歸不忍食尺素解凄斷中有清圓句銅丸飛柘彈春愁結凌澌正待一笑泮百篇儻寄我呻吟鄭人緩

莊子養生主庖丁謂文惠君曰始臣解牛之時所見無非牛者三年之後未嘗見全牛也又良庖歲更刀割也族庖月更刀折也孫綽天台賦投刃皆虛目牛無全後漢馬廖上疏長樂宮云長安語曰城中好廣眉四方且半額城中好大袖四方全疋帛見馬援傳南史梁元帝徐妃以帝眇一目每知帝將至必爲半面粧以俟晉魏舒傳爲鍾毓長史毓與參佐射舒嘗爲畫籌而已後遇朋人不足以舒滿數舒發無不中毓謝而歎曰吾之不足以盡卿材有如此射豈一事哉莊子徐無鬼郢人堊漫其鼻端若蠅翼使匠石斲之注再見史記滑稽傳談言微中亦可以解紛魯仲連傳爲人排患釋難陳後主詩見面無多事聞名爾許時晉顧愷之傳與

謝瞻連省夜於月下長詠瞻每遙贊之愷之彌自力瞻將眠令人代已愷之不覺有異俗傳愷之癡絕〔晉袁躭傳〕字彥道就局十萬一擲直上百萬投馬絕叫曰竟識袁彥道不詳見六卷會客有美堂詩注〔南史蔡凝傳〕上謂凝曰我欲用義興主壻錢肅爲黃門郎卿意如何凝曰黃散之職故須人門兼美惟陛下察之〔唐史李揆傳〕肅宗謂揆曰卿門地人物文學皆當世第一〔石鼓文〕其魚維何維鱮維鯉何以貫之維楊與柳〔西京雜記〕長安五陵人以柘木爲彈眞珠爲丸以彈鳥鵲〔南史王筠傳〕好詩圓美流轉如彈丸再見〔莊子列禦寇〕鄭人緩也呻吟裘氏之地祇三年而緩爲儒

次韻趙景貺春思且懷吴越山水

歲華來無窮，老眼久矣靜。春風如繫馬，未動意先騁。
西湖忽破碎，鳥落魚動鏡。縈城理枯瀆，放閘起膠艇。
願君營此樂，官事何時竟。〔公自注清河西湖三閘督君成之〕思吴信偶然，出處付前定。
飄然不繫舟，乘此無盡興。醉翁行樂處，草木皆可敬。
明朝游北渚，急掃黃葉徑。白酒眞到齊，紅帬已放鄭。〔公自注酒

尚有香泉一壺爲樂全先生服不作樂也莊子列禦寇汎若不繫之舟虛而遨遊者也到齊用世說青州從事語青州有齊郡從事謂到齊下也注再見

次韻陳履常張公龍潭 先生以十月二十五日禱雨迎龍公祝辭云謹請州學教授陳師道并遣男右承務郎迨既禱而獲十一月十日祝辭云玉質金相其重千鈞惠然肎來負者四人眷此行宮爲留浹辰惟師道迨復餞公還履常爲教授屬以送迎龍公蛻骨故詩云念子無吏責十日勤征鞍云云

經明宣城宰家此百尺瀾鄭翁不量力敢以非意干玄黃雜雨戰絳青表雙蟠烈氣斃強敵仁心惻饑寒精誠禱必赴苟簡求亦難蕭條麥麰枯浩蕩日月寬念子無吏責十日勤征鞍春蔬得雨雪少助先生槃龍不憚往來而我獨宴安閉閤默自責神交清夜闌

唐趙耕撰張龍公廟碑公諱路斯隋末明經登第爲宣城令罷歸每夕出自戌至丑歸常體冷且濕夫人石氏異而詢之公曰吾龍也蓼人鄭祥亦龍也據吾池吾屢戰未勝明日取決可令九子挾弓矢射之繫鬣以青綃者鄭也絳綃者吾也子遂射中青綃鄭怒東北去投合肥西山以死公是夕與九子俱復爲龍漢韓延壽傳守左馮翊高陵民有兄弟訟田延壽傷之閉閤思過後漢吳祐傳爲酒泉太守民有爭訟輒閉閤自責然後斷其訟

小飲西湖懷歐陽叔弼兄弟贈趙景貺陳履常

集本作竹閒亭小酌公眞迹刻于婺倅聽事作小飲西湖懷歐陽叔弼兄弟贈趙德麟陳履常蓋是後來所書景貺已改字德麟也

歲暮自急景我閑方緩觴歡一作醉飲西湖晚步轉北渚長
地坐略少長意行無澗岡久知薺麥青稍喜榆柳黃盎
盎春欲動瀲瀲夜未央水天鷗鷺靜月霧松檜香撫景
方晼晚懷人重凄凉豈無一老兵坐念兩歐陽我意正
麋鹿君才亦圭璋此會不可再一作恐難久此歡不可忘

宋玉九辯白日晼晚其將入兮晉謝奕傳桓溫辟奕司馬嘗逼溫酒溫走避之奕遂引溫一兵帥共飲曰失一老兵得一老兵亦何所怪

蠟梅一首贈趙景貺

天工點酥作梅花此有蠟梅禪老家蜜蜂採花作黃蠟取蠟爲花亦其物天工變化誰得知我亦兒嬉作小詩君不見萬松嶺上黃千葉玉蕊檀心兩奇絕醉中不覺渡千山夜聞梅香失醉眠歸來卻夢尋花去夢裏花仙覓奇句此間風物屬詩人我老不飲當付君君行適吳我適越笑指西湖作衣鉢

送王竦朝散赴闕

我家衡山公公自注伯父爲衡山日與君相知有送行詩清而畏人知臧否不出口

默識如著龜。擢子拱把中。云有驥騄姿。胡爲三十載。尚作窮苦詞。丈人不妄語。未效此何疑。揭來清潁上。淚濕中郎詩。怪我一年長。而作十年衰。同時幾人在。豈敢怨白髭。願言指松柏。永與霜雪期。

白樂天上翟中丞詩行爲時領袖言作世著龜荀子驊騮騏驥纖離騄耳古之良馬也南史何遠傳言不虛妄每語人云卿能得我一妄語則謝一縑衆共伺之不能得也中郎言伯父也晉書謝道韞傳云一門叔父則有阿大中郎

次韻致政張朝奉仍招晚飲

掃白非黃精。輕身豈胡麻。怪君仁而壽。未覺生有涯。曾經丹化米。親授棗如瓜。雲蒸作霧楷。火滅噀雨巴。自此養鉛鼎。無窮走河車。至今許玉斧。猶事蕚綠華。公自注君曾見永州何仙

施註蘇詩卷三十一

姑得藥餌之人疑其以此壽也故有丹化米蕚綠華之句皆女仙事我本三生人。疇昔一念差。前生或草聖。習氣餘驚蛇。儒臞謝赤松。佛縛慚丹霞。時時一篇出。擾擾四座譁。清詩得可驚。信美詞多夸。回車入官府。治具隨貧家。萍虀與豆粥。亦可成咄嗟。

博物志天老謂黃帝曰太陽之草名黃精食之可以長生太陰之草名鉤吻食之入口即死杜子美丈人山詩掃除白髮黃精在君看他年冰雪容續齊諧記漢明帝時劉晨阮肇同入天台採藥之食見澗中流一杯胡麻飯云云本草胡麻久服輕身不老神仙傳王方平與麻姑過蔡經家經弟婦新產姑索少許米擲之墮地即成丹砂封禪書李少君言上曰嘗見安期生食臣棗大如瓜後漢張楷性好道術能作五里霧又欒巴爲尚書正旦大會巴取酒西南噀之云成都市失火因酒爲雨以滅之詔以驛書問成都答言時有雨從東北來火乃息雨皆酒氣仙傳拾遺劉無名有眞人示以陽爐陰鼎柔金煉化水玉之方伏汞煉鉛成朱髓之訣以鉛爲君以汞爲臣八石爲使黃牙爲田修眞祕訣陰眞君金液丹歌云北方正氣爲河車陰符經注云河車伏汞也眞誥許翽小名玉斧蕚綠華者南山女子顏色絕整以晉昇平三年降羊權家章續書訣墨藪鍾繇弟子朱翼每畫一波三折筆作一戈如百鈞弩作一點如高峰墜石作一放縱如驚蛇入草法書苑釋亞栖善

草書每自題云飛鳥出林驚蛇入草維摩經貪著禪味是菩薩縛傳燈錄丹霞禪師遇天大寒取木佛焚之詳見廿六卷次韻答張天覺詩注杜子美詩語不驚人死不休皇甫湜顧著作文集序逸歌長句往往若穿天心出月脅意外驚人語非尋常所能及晉石崇傳爲客作豆粥咄嗟而辦每冬得韭蓱虀王愷密問其帳下二云豆至難熟豫作熟末客來但作白粥投之韭蓱虀是擣韭根雜以麥苗耳

閻立本職貢圖譚賓錄貞觀三年東蠻謝元深入朝中書侍郎顏師古奏言昔周武王治致太平遠國歸款乃集其事爲王會篇可圖寫貽後以彰服遠之德從之乃命尚書閻立本畫之爲職貢圖

正觀之德表一作來萬邦。浩如滄海吞河江。音容傖獰服奇厖。橫絕嶺海逾濤瀧。珍禽瑰產爭牽扛。名王解辮卻蓋幢。粉本遺墨開明牕。我喟而作心未降。魏徵封倫恨不雙。

唐太宗紀卽位明年正月改元貞觀劉禹錫竹枝詞激訐如吳聲傖獰不可分左傳閔二年晉侯使太子申生伐皐落氏衣之厖服杜預曰厖雜色也漢終軍傳殆

將有解辮髮削左衽襲冠帶要衣裳而蒙化者焉唐畫斷閻立德捌職貢圖異方人物詭怪之狀弟立本畫國王粉本昔南北兩朝名手不是過也又云職貢鹵簿圖立本與立德同製之唐魏徵傳帝嘗歎曰今大亂之後其難治乎徵曰大亂之易治譬饑人之易食也封德彝曰不然秦任法律漢雜霸道徵書生好虛論徒亂國家不可聽帝納徵言不疑至是天下大治蠻夷君長襲衣冠帶刀宿衛東薄海南踰嶺戶闔不閉行旅不齎糧取給於道帝曰行仁義既效矣惜不令封德彝見之封德彝名倫

次韻王滁州見寄

斯人何似似春雨。歌舞農夫怨行路。君看永叔與元之。坎軻一生遭口語。兩翁當年鬢未絲。玉堂揮翰手如飛。教得滁人解吟詠。至今里巷嘲輕肥。君家聯翩盡卿相。獨來坐歗谿山上。笑捐浮利一雞肋。多取清名幾熊掌。丈夫自重貴難售。兩翁今與青山久。後來太守更風流要件前人作詩瘦。我倦承明苦求出。到處遺蹤尋六一。憑君試與問琅邪。許我來游莫難色。

歐陽永叔與王元之俱嘗守滁州。漢江都易王傳：口語籍籍。楊惲傳：橫被口語。杜子美寄裴十詩：知君苦思緣詩瘦。李白嘲杜子美詩：爲問因何太瘦生，只爲從前作詩苦。漢嚴助傳：詔曰：君厭承明之廬，勞侍從之事，懷故土，出爲郡吏。歐陽公醉翁亭記：環滁皆山也。其西南諸峰林壑尤美，望之蔚然而深秀者，琅邪也。公自號六一居士。

趙景貺以詩求東齋榜銘昨日聞都下寄酒來戲和其韻分一壺作潤筆也

王孫天麒麟。眸子奥而澈。囊空學愈富。屋陋人更傑。我老書益放。筆落座爭掣。欲求東齋銘。要飲西湖雪。長餅分未到。小硯乾欲裂。不似淳于髡。一石要燭滅。

晉王獻之傳七八歲時學書羲之密從後掣其筆不得歎曰此兒後當有大名北史鄭譯傳復爵沛國公位上柱國帝令李德林立作詔書高熲戲譯曰筆乾答曰出爲方岳杖策言歸不得一錢何以潤筆淳于髡事屢見

洞庭春色 并引

安定郡王名世準字君平時以保靜軍留後爲安定郡王趙德麟舊字景貺先生著字說爲字德麟德麟字見於詩者自此篇始

安定郡王以黄甘釀酒謂之洞庭春色色香味三絕以餉其猶子德麟德麟以飲予爲作此詩醉後信筆頗有沓拖風氣法帖評書王子敬書如河洛少年雖自充悅而舉體沓拖殊不可耐

二年洞庭秋。香霧長噀手。今年洞庭春。玉色疑非酒。賢王文字飲。醉筆龍蛇走。既醉念君醒。遠餉爲我壽。缾開香浮座。盞凸光照牖。方傾安仁醽。莫遣公遠嗅。公自注明皇食柑凡千餘枚皆闕一瓣問進柑使者云中途嘗有道士覰之蓋羅公遠也要當立名字。未用問升斗。應呼釣詩鉤。亦號掃愁帚。君知蒲桃惡。正是嫫母黝。須君灩海杯。澆我談天口。潘安仁笙賦披黃苞以授甘傾縹瓷以酌醽歐陽公牡丹圖詩洛人矜誇立名字李後主中酒詩莫言滋味惡一篝掃寒愁漢西域傳大宛以蒲萄釀酒列女傳帝妃嫫母於四妃之班居下貌甚醜而最賢史記鄒衍之術迂大而閎辯齊人頌曰談天衍

送路都曹 并序

乖崖公范蜀公東齋記張詠自蜀代去留一卷實封文字與僧正希白且云十年後開後十年公薨於陳訃至僧發開所留文字乃公畫像自贊曰乖則違衆崖不利物乖崖之名聊以表德因號乖崖在蜀有錄曹參軍老病廢事公責之曰胡不歸明日參軍求去且以詩留別其略曰秋光都似宦情薄山色不如歸意濃公驚

謝之曰吾過矣同僚有詩人而吾不知因留而慰薦之予幼時聞父老言恨不問其姓名今都曹路公以小疾求致仕予誦此語留之不可乃採前人意作詩送之幷邀趙德麟陳履常同賦一篇

積雪困桃李。春心誰爲容。淮光釀山色。先作歸意濃。我亦倦游者。君恩繫疏慵。欲留耿介士。伴我衰遲蹤。吏課升斗積。崎嶇等鉛舂。邢將露電身。坐待收千鍾。結髮空百戰。市人看先封。誰能搔白首。抱關望夕烽。子意亮已成。我言寧復從。恨無乖崖老。一洗芥蔕胸。我田荆谿上。伏臘亦麤供。懷哉江南路。會作林下逢。

漢江都易王傳宮人有過或髡鉗以鉛杵舂不中程輒掠漢李廣傳結髮與匈奴大小七十餘戰嘗語王朔曰自漢擊匈奴廣未嘗不在其中而諸部校尉已下材能不及中以軍功取侯者數十人廣不爲後人然終無尺寸功以得封邑荆谿在常州宜興縣先生嘗買田於此

次韻陳履常

汝陰久雪人饑公名僉書判官趙德麟令時議所以賑卹之乃發義倉穀以濟貧乏出作院炭酒務薪用元價以售又奏放積欠教授陳履常師道有詩公和之

可憐擾擾雪中人。饑飽終同寓一塵。老檜作花眞强項。凍鳶儲肉巧謀身。忍寒吟詠君堪笑。得暖讙呼我未貧。坐聽屐聲知有路。擁裘來看玉梅春。

後漢董宣傳爲洛陽令殺湖陽公主蒼頭主訴於帝帝使宣謝主宣不從彊使頓之兩手據地終不肎謝帝笑敕强項令出

二鮮于君以詩文見寄作詩爲謝

二鮮于君乃諫議大夫子駿之子子駿事見十四卷和鄆州新堂月夜詩注

我懷元祐初。圭璋滿清班。維時南隆老。奉使獨未還。迂叟向我言。青齊歲方艱。斯人乃德星。遣出虛危閒。公自注溫公謂余曰子駿福星也京東人困甚且令往彼名用旣晚矣。天命良復慳。一朝失老驥。寂寞空帝閑。至今清夜夢。枕衾有餘潸。喜聞二三子。結髮師閔顏。高論邈河漢。清詩鳴珮環。遙知三日雪。積玉埋崧山。誰念此幽桂。坐蒙榛與菅。故人在潁尾。投詩清泠灣。

南隆閬中也鮮于子駿閬中人司馬溫公自號迂叟漢天文志景星德星也地理志齊地虛危之分野莊子吾驚怖其言若河漢而無極也左傳杜預注潁水之尾在下蔡又詳本卷新渡寺詩注莊子讓王篇北人無擇自投于清泠之淵

次韻趙德麟雪中惜梅且餉柑酒三首

千花未分出梅餘。遣雪摧殘計已踈。臥聞點滴如秋雨。知是東風爲掃除。

閬苑千葩映玉宸。人間只有此花新。飛霙要欲先桃李。散作千林火迫春。

火迫字出唐書源休導朱泚僭號姚令言勸泚圍奉天二人爭自比蕭何休顧令言曰成秦之業無輩我者我視蕭何子當曹參可矣即收圖籍貯府庫效何者人皆笑謂爲火迫酇侯

蹀躞嬌黄不受鞿。東風暗與色香歸。偶逢白墮爭春手。遣入王孫玉斝飛。

竇子野酒譜河東人劉白墮善釀酒味香美使人久醉朝士千里相餽號鶴觴亦名騎驢酒永熙中青州刺史毛鴻賓齎酒之蕃路逢劫盜飲之即醉皆被擒時爲之語曰不畏張弓拔刀惟畏白墮春醪洛陽伽藍記亦云

和陳傳道雪中觀燈 陳傳道名師仲履常之兄家居彭城履常在潁傳道來訪未幾先生移守維揚而傳道亦歸遂和趙德麟韻送之詩載卷末傳道是時仕爲莞庫

新年樂事歎何曾。閉閤燒香一病僧。未忍便傾澆別酒。且來同看照愁燈。頹魚躍虎新亭近。湖雪消時畫舫升。祇恐樽前無此客。清詩還有士龍能。

閱世堂詩贈任仲微 任仲微父任師中名伋按秦少游作任師中墓表元豐中公知瀘州錄使者不法事而使者郎誣奏公西南乞第過江安時不時掩擊乃延儒生講書疑有私謁朝廷乃下章於他部各窮竟所考未具而公卒時當途者以公旣沒爲使者地公之子大防三詣闕上書陳冤狀獄不敢變使者竟免大防卽仲微也又按師中嘗爲蔡州新息令惠給鰥寡邑人德之遂居焉堂前有檜高百尺蓋數百年矣直幹蒼然乃以名其堂故詩云惟有庭前檜閱世不改色云云

任公鎭西南。嘗贈繞朝策。當時若盡用。善陣無赫赫。妻涼十年後。邪正久已白。卻留封德彝。天意眇難測。象賢眞驥種。號訴甘百謫。豈云報私仇。禍福指絡脈。高才食舊德。但恐里門窄。傷心千騎歸。贈印黃壤隔。惟有庭前檜。閲世不改色。千年與井在。記此王粲宅。

左傳文十三年晉人患秦之用士會也謀歸之士會行繞朝贈之以策曰子無謂秦無人吾謀適不用也孫子善用兵者無赫赫之功又善陣者不戰善戰者不敗封德彝事見本卷職貢圖詩注又杜牧題魏文貞詩可憐正觀太平後天且不留封德彝衡按封德彝指當時使者象賢四語謂大防詣闕訟冤事也漢書于公治閭門曰少高大令容駟馬高蓋車注閭門里門也杜子美一室詩應同王粲宅留井峴山前

新渡寺送任仲微

春陰欲落雪。野氣方升雲。我遊清潁尾。想見翠被君。古來聚散地。與子復言分。倦游安稅駕。瘦田失歸耘。獨宿古寺中。荒雞亂鳴羣。送子以曉角。幽幽醒時聞。

左傳昭十二年楚子狩于州來次于潁尾使蕩侯潘子司馬督囂尹午陵尹喜帥師圍徐以懼吳楚子次于乾谿以爲之援雨雪王皮冠秦復陶翠被豹舄執鞭以出〔杜子美贊上人詩〕古來聚散地宿昔長荊棘〔史記李斯傳〕物極則衰吾未知所稅駕也〔晉祖逖傳〕與劉琨同寢中夜聞荒雞鳴蹴琨覺曰此非惡聲也因起舞

送運判朱朝奉入蜀 建安本云送朱世昌使蜀

藹藹青城雲。娟娟峨眉月。隨我西北來。照我光不滅。我在塵土中。白雲呼我歸。我游江湖上。明月濕我衣。岷峨天一方。雲月在我側。謂是山中人。相望了不隔。夢尋西南路。默數長短亭。似聞嘉陵江。跳破吹錦一作枕屏。送君無一物。清江飲君馬。路穿慈竹林。父老拜馬下。不用驚走藏。使者我友生。聽訟如家人。細說爲汝評。若逢山中友。

問我歸何日。爲話腰腳輕。猶堪踏泉石。唐地理志蜀州青城縣以青城山名十道四蕃志嘉州峨眉山兩山相對如蛾眉故名韓非子六國時張敏與高惠爲友每相思敏於夢中往尋之至半道迷不知路而回嘉陵江其源出于大散關嘉陵谷贊寧筍譜慈竹筍四時生其竹內實而節疎又蘄黃生一叢數竿根不外迸茅亭客話慈竹聚生根不離母故名之慈也唐書陽城爲道州刺史以家人法待吏宜罰者罰之宜賞者賞之

病中夜讀朱博士詩

病眼亂燈火。細書數塵沙。君詩如秋露。淨我空中花。古語多妙寄。可識不可誇。巧笑在頩頰。哀音餘摻撾。曾坑一掬春。紫餅供千家。懸知貴公子。醉眼無眞茶。崎嶇爛石上。得此一寸芽。緘封勿浪出。湯老客未嘉。圓覺經譬如病目見空中花及第二月後漢禰衡傳爲漁陽摻撾蹀鼓之法東谿試茶錄佛嶺東南曰曾坑今屬北苑茶少甘而多苦色亦重濁陸羽茶經上者生

爛石中者生櫟壤下者生黄土又湯經三沸爲老

趙德麟餞飲湖上舟中對月

老守惜春意主人留客情官餘閑日月湖上好清明新火發茶乳溫風散粥餳酒闌紅杏闇日落大堤平清夜除燈坐孤舟擘岸撐逮君幘未墮對此月猶横

蔡邕月令自溫風暑之在風者也玉燭寶典今人寒食日悉爲大麥粥研杏仁爲酪以餳沃之孫楚祭子推文云黍飯一盤醴酪二盂是其事也宗懍荆楚歲時記亦云晉庾敳傳頽然已醉幘墮几上以頭就穿

贈朱遜之 幷序

元祐六年九月與朱遜之會議于潁或言洛人善接花歲出新枝而菊品尤多遜之曰菊當以黄爲

正餘可鄙也昔叔向聞鬷蔑一言、知其爲人予於遜之亦云

黄花候秋節。遠自夏小正。坤裳有正色。鞠衣亦令名。一從人僞勝。遂與天力爭。易性寓非族。改顔隨所令。新奇旣易售。粹駮宜相傾。疾惡逢伯厚。識眞似淵明。君言我所印。世論誰敢評。願君爲霜風。一掃紫與赬。

月令季秋之月菊有黄花夏小正大戴禮篇名以蟲魚草木正十二月之節候起於夏后氏故曰夏小正周易坤六五黄裳元吉周禮内司服掌王后之六服褘衣揄狄闕狄鞠衣展衣緣衣素沙鄭注鞠衣黄衣也後漢陳蕃傳疾惡如風朱伯厚屢見陶淵明飲酒詩秋菊有佳色裛露掇其英維摩經佛所印可屢見

和趙德麟送陳傳道

二陳旣妙士。兩歐惟德人。王孫乃龍種。世有蕭雲麟。五

君從我游。傾寫。出。怪珍。俗物敗人意。茲得實清醇。那知有聚散。佳夢失欠伸。我舟下清淮。沙水吹玉塵。君行踏曉月。疎木挂寸銀。尚寄別後詩。翦刻淮南春。

莊子德人者居無思行無慮漢賈誼鵩賦德人無累知命不憂三陳言傳道履常兩歐言叔弼季默也杜子美哀王孫詩高帝子孫盡隆準龍種自與常人殊爾雲字出漢書天馬歌已見晉王戎傳戎與阮籍爲竹林游戎嘗後至籍曰俗物已復來敗人意戎笑曰卿輩意亦復易敗耳清淮時先生將離潁赴揚州故云幽怪錄橘中兩叟相謂曰汝輸我瀛洲玉塵九斛

施註蘇詩卷之三十一

施註蘇詩卷之三十二

漫堂先生宋　犖　長洲顧嗣立

樸園先生張榕端　閱定　毗陵邵長蘅　刪補

商丘宋　至

詩三十六首起在潁州泊元祐壬申改知揚州尋以兵部尚書召還作

上巳日與二子迨過遊塗山荆山記所見塗山詳見三卷濠州七絕詩注

此生終安歸。還軫天下半。揭來乘欙廟。復作微禹歎。公自注昔自南河赴杭州過此蓋二十二年矣從祠及彼呱。公自注山有啟廟像設偶此絜。公自注謂塗山氏秦祖當侑坐。公自注廟有柏翳夏郊亦薦祼。公自注有鯀廟可憐淮海人。尚記弧矢旦。公自注淮南人謂禹以六月六日生是日數萬人會山上雖傳記不載然相傳如此荆山碧相照。楚水清可亂。刖人有餘坑。美石肖溫瓚。公自注荆山下有卞氏採玉坑石色如玉不受鑱刻取出山下輒變色不復溫瑩龜泉木杪出。牛乳石池漫。公自注龜泉在荆山下色白而甘眞陸羽所謂石池漫流者有石記云唐貞元中隨白龜流出小兒强好古。侍史笑流汗。歸時蝙蝠飛。炬火記遠岸。

國語還軫諸侯可謂家困尚書禹曰予乘四載孔氏傳云水乘舟陸乘車泥乘楯山乘樏左傳昭元年天王使劉定公勞趙孟於潁館於洛汭劉子曰美哉禹功明德遠矣微禹吾其魚乎尚書禹曰予創若時娶於塗山辛壬癸甲啟呱呱而泣予弗子惟荒度土功楚詞招䰟像設君室靜閒安些詩國風今夕何夕見此粲者史記秦本紀秦之先帝顓頊氏之苗裔孫曰女修女修生大業大業生大費與禹平水土是爲柏翳舜賜姓嬴氏禮記夏后氏禘黄帝而郊鯀尚書亂於河韓詩外傳楚人卞和得玉璞於荆山獻之武王使人相之曰非也王怒刖其左足及文王卽位又獻之玉人又曰石也刖其右足至成王時和抱其璞哭於荆山下王乃使玉人理之得寶焉名曰和氏璧衡按圖經塗山在昔鍾離縣西九十五里荆山在縣西八十三里二山本相聯屬而淮水遶荆山之背神禹鑿開使水流二山間此濠

州之荆山也又按史記楚始封居丹陽至楚文王遷都郢皆在南郡其地有荆山楚人故以荆爲號左傳曰昔我先王熊繹辟在荆山後漢郡國志曰臨沮侯國有荆山注引荆州記云谿北卽荆山首曰景山卽卞和抱璞之處據此則卞和得璞自當以近郢之荆山爲是而濠州古鍾離國去郢甚遠韓非子所載卞和獻玉事乃在武文成三王之際當時鍾離未嘗屬楚卞和何從得至此山今山中有采玉坑爲後人傳會無疑明宋濂塗荆二山記亦云附著之以俟博雅

淮上早發

澹月傾雲曉角哀小風吹水碧鱗開此生定向江湖老默數淮中十往來

次韻徐仲車

公自注 仲車耳聾 按 仲車名積山陽人苦學養母盡力行年四十不婚不仕久之鄉人迫令就舉入京則以隻輪載母躬自推行葛衫草屨行道之人不能辨也登治平四年第未調官母亡遂不復仕家居山陽衣食不給及路振通判楚州始爲娶妻生子小名路兒云先生嘗言仲車古之獨行人於陵仲子不能過然其詩文則怪而放如玉川子此一反也耳聵甚晝地爲字乃始通終日面壁不與人接而四方事無不周知此二反也昔王肅三反而斯人有其二亦可謂異矣

惡衣惡食詩愈好。恰是霜松囀春鳥。蒼蠅莫亂遠雞聲。世上誰知（一作如）公覺早。八年看我走三州。（公自注：元豐八年予赴登州，元祐四年赴杭州，今赴揚州，皆見仲車。）月自當空水自流。人間擾擾眞螻蟻。應笑人呼作鬬牛。

次韻林子中春日新堤書事見寄（林子中名希，事見二十九卷《次韻林子中蒜山亭見寄》詩。按先生以元祐六年三月從杭州召還，凡七上章丐去，八月自翰林承旨出知潁州，故詩云「東都寄食似浮雲，襆被眞成一宿賓」。七年正月改知揚州。子中繼公守杭。公在杭開西湖，以所積葑爲長堤，子中因杭人之意，爲榜曰蘇公堤，新堤書事蓋蘇公堤也。）

東都寄食似浮雲。襆被眞成一宿賓。收得玉堂揮翰手。卻爲淮月弄舟人。羨君湖上齋搖碧。笑我花時甑有塵。

爲報年來殺風景。連江夢雨不知春。公自注來許有芍藥春之句揚州近歲率爲此會用花十餘萬枝吏緣爲姦民極病之故罷此會晉魏舒傳襆被而出莊子天運篇仁義先王之蘧廬也止可一宿而不可久處李義山雜纂有十三殺風景事

送陳伯修察院赴闕陳伯修名師錫神宗時登第奏名帝得其文婁讀婁賞顧侍臣曰此必陳師錫也啟封果然擢爲第三人故云聞君射策日妙語發疇咨知臨安縣拜監察御史以言事出知宿遷縣元祐閒東坡三上章薦之乃入爲校書郎遷工部郎徽宗用爲殿中侍御史坐黨論削官郴州卒

裕陵固天縱。筆有雲漢姿。嘗重連山象。不數秋風辭。龍騰與虎變。貍豹復何施。我窮眞有數。文字乃見知。聞君射策日。妙語發疇咨。一日喧萬口。驚倒同舍兒。豈知二十年。道路猶遲遲。苦言如藥石。瞑眩終見思。屈信反覆

手獨於君可疑四門方穆穆行矣及此時

神宗皇帝葬裕陵周禮太卜掌三易之法一曰連山唐藝文志易部有連山十卷漢武帝幸河東祠后土與羣臣飲燕乃自作秋風辭揚子貍變則豹豹變則虎

送張嘉父長官

張嘉父名大寧山陽人登元豐八年第治春秋學政和間爲司勳郎張文潛嘗作南山賦以贈之其畧曰南山巖巖兮其下有人佩玉而握珠刻意曾叟之古經不習世儒之臆書過都梁兮躊躇奉兩月之周旋其所居當是泗之南山兮爲盱眙也

都城昔傾蓋駿馬初服輈再見江湖間秋鷹已離鞲於今三會合每進不少留豫章既可識瑚璉誰當收微官有民社妙割無鷄牛歸來我益敬器博用自周百年子初筵我已迫旅酬但當寄苦語高節貫白頭

說文輈車轅也考工記輈人爲輈有國馬之輈有田馬之輈有駑馬之輈又張衡賦云馬倚輈而徘徊杜子美去矣行君不見鞲上鷹一飽即飛掣詩小雅賓之初

筵左右秩秩又鐘鼓既設舉醻逸逸

在潁州與德麟同治西湖未成改揚州三月十六日湖成德麟有詩見懷次其韻

太山秋毫兩無窮。鉅細本出相形中。大千起滅一塵裏。未覺杭潁誰雌雄。公自注來詩云與杭爭雄我在錢塘拓湖淥。大堤士女爭昌丰。六橋橫絕天漢上。北山始與南屏通。忽驚二十五萬丈。老葑席卷蒼雲空。揭來潁尾弄秋色。一水縈帶昭靈宮。坐思吳越不可到。借君月斧修曈曨。二十四橋亦何有。換此十頃玻瓈風。雷塘水乾禾黍滿。寶釵耕出餘鸞龍。明年詩客來弔古。伴我霜夜號秋蟲。公自注德麟見約來揚寄居亦

有意求
揚倅
莊子齊物論天下莫大於秋毫之末而太山爲小樂府有大堤曲云朝發襄陽城暮至大堤宿大堤諸女兒花艷驚郎目詩國風子之昌兮又子之丰兮子由作先生墓誌杭州西湖南北三十里環湖往來終日不達先生在杭乃取葑積之湖中爲長堤一以通南北六橋並跨堤上又先生奏修杭州西湖狀云自國初以來稍廢不治水涸草生漸成葑田熙寧中湖之葑合者蓋十二三爾至今遂塞其半巳打量湖上葑田計二十五萬餘丈度用二十餘萬工先生昭靈侯廟碑南陽張公隋之初家潁上曰我龍也自唐景龍以來潁人世祠之於焦氏臺熙寧中詔封公昭靈侯元祐六年乃益治其廟月斧用鄭仁表遊嵩山事再見歐陽公自揚移潁作西湖詩云都將二十四橋月換得西湖十頃秋先生復自潁移揚此句蓋用文忠語也雷塘在揚州東北十里煬帝葬處

次韻德麟西湖新成見懷絕句

壺中春色飲中仙公自注謂洞庭春色也　騎鶴東來獨惘然猶有趙陳同李郭不妨同泛過湖船

杜子美有飲中八仙歌後漢郭太傳遊洛陽見李膺大奇之後歸鄉里衣冠諸儒送至河上車數千兩林宗惟與膺同舟而濟衆賓望之以爲神仙太字林宗

再次韻德麟新開西湖

使君不用山鞠窮。饑民自逃泥水中。欲將百瀆起凶歲。公自注予以潁人苦饑奏乞留黄河夫萬人修境内溝洫詔許之因以餘力浚治此河免使甂石愁揚雄。西湖雖小亦西子。縈流作態清而丰。千夫餘力起三閘。焦陂下與長淮通。十年憔悴塵土窟。清瀾一洗啼痕空。王孫本自有仙骨。平生宿衞明光宫。一行作吏人不識。正似雲月初朦朧。時臨此水照冰雪。莫遣白髮生秋風。定須卻致兩黄鵠。新與上帝開濯龍。湖成君歸侍帝側。燈花已綴釵頭蟲。

左傳杜預注麥麴鞠窮所以禦濕欲使無社逃泥水中詳已見漢揚雄傳家無甂石之儲晏如也嵇叔夜與山巨源絶交書游山澤觀魚鳥心甚樂之　行作吏此

事便廢後漢許揚傳成帝時翟方進奏毀鴻郤陂太守鄧晨欲修復聞揚善水脈召與議之揚曰昔成帝用方進之言尋而自夢上天天帝怒曰何故敗我濯龍淵是後民失其利黃鵠注再見韓退之燈花詩囊裏排金粟釵頭綴玉蟲更煩將喜事來報主人翁

到官病勸未嘗會客毛正仲惠茶乃以端午小集石塔戲作一詩為謝

我生亦何須。一飽萬想滅。胡為設方丈。養此膚寸舌。爾來又衰病。過午食輒噎。繆為淮海帥。每愧廚傳闕。爨無欲清人。奉使免內熱。空煩赤泥印。遠致紫玉玦。為君伐羔豚。歌舞菰黍節。禪窗麗午景。蜀井出冰雪。坐客皆可人。鼎器手自絜。金釵候湯眼。魚蟹亦應訣。遂令色香味。一日備三絕。報君不虛受。知我非輕啜。

漢宣帝紀吏飾廚傳稱過使客韋昭曰廚謂飲食傳謂傳舍莊子人間世吾食也執麤而不臧爨無欲清之人今吾朝受命而夕飲冰我其內熱與劉禹錫試茶詩何況蒙山顧渚春白泥赤印走風塵周處風土記仲夏端午進筒糉一名角黍以菰葉裹黏米以象陰陽相包蜀井揚州石塔寺旁有蜀井相傳云泉脈與蜀相通故紙丁汲其水以造麻牋杜子美蜀道圖詩吳蜀水相通三國蜀費禕傳來敏曰君信可人必能辦賊陸羽茶經茶沸如魚眼崔珏詩石鼎水煎紅蟹眼

雙石 并引

至揚州獲二石、其一綠色、岡巒、迤邐、有穴達於背、其一玉白可鑒、漬以盆水、置几案間、忽憶在潁州日夢人請住一官府、榜曰仇池、覺而誦杜子美詩曰萬古仇池穴、潛通小有天、乃戲作小詩、為僚友一笑

夢時良是覺時非。汲井埋盆故自癡。但見玉峰橫太白。

便從鳥道絶峨眉。秋風與作煙雲意。曉日令涵草木姿。一點空明是何處。老人眞欲住仇池。

韓退之盆池詩老翁眞箇似童兒汲井埋盆作小池唐地理志鳳翔府郿縣有太白山茅君内傳三十六洞第二委羽之洞名曰大有空明之天三秦記仇池縣本名仇維山上有池故曰仇池山在倉洛二谷之間形如覆壺仇池百頃周迴九千四百步天形四方壁立千仞自然樓櫓凡二十一道可攀援而上見後漢南蠻傳注

次韻鼂無咎學士相迎

無咎名補之濟州鉅野人文章溫潤典縟其凌厲奇卓出於天成與黃張秦並驅聯鑣世號元祐四學士

少年獨識鼂新城。閉門卻掃卷旆旌。胷中自有談天口。坐卻秦軍發壘守。有子不爲謀置錐。虹霓吞吐忘寒饑。端如太史牛馬走。嚴徐不敢連尻脽。裵回未用疑相待。枉尺知君有家戒。避人聊復去瀛洲。伴我眞能老淮海。

夢中仇池千仞巖。便欲攬我青霞幨。且須還家與婦計。我本歸路連西南。老人飲酒無人佐。獨看紅藥傾白墮。每到平山憶醉翁。懸知他日君思我。路傍小兒笑相逢。齊歌萬事轉頭空。賴有風流賢別駕。猶堪十里卷春風。

壘新城無咎之父也爲新城令晉葛洪傳閉門却掃未嘗交游左太冲詠史吾慕魯仲連談笑却秦軍後漢鄭玄傳何休好公羊學遂著公羊墨守左氏膏肓穀梁廢疾玄乃發墨守鍼膏肓起廢疾休見而歎曰康成入吾室操吾矛以伐我乎玄字康成荀子儒者無置錐之地莊子雜篇堯舜有天下子孫無置錐之地也東方朔傳武帝問朔曰方今公孫丞相兒大夫董仲舒司馬遷之倫先生自視何與比哉朔曰臣觀其吐吻唇連尻脽臣雖不肖尚兼此數子唐褚亮傳太宗爲天策上將軍作文學館收聘賢才以杜如晦等爲學士凡分三番遞宿閣下每暇日訪以政事詩論典籍號爲十八學士是時在選中者天下慕向謂之登瀛洲史記滑稽傳楚莊王欲以優孟爲相優孟曰請歸與婦計之再見杜子美仇池詩近接西南境長懷十九泉謝玄暉直中書省詩紅藥當階翻蒼苔依砌上白墮注詳上卷次韻趙德麟詩平山堂在揚州大明寺歐陽文忠公修建杜牧之詩春風十里揚州路捲上珠簾總不如三見

次韻范淳父送秦少章

宿緣在江海。世網如予何。西來庾公塵。已濯長淮波。十年淮海人。初見一麥禾。但欣爭訟少。未覺舟車多。秦郎忽過我。賦詩如卷阿。句法本黃子。公自注謂魯直也二豪與揩磨。公自注謂其兄少游與張文潛也嗟我久離羣。逝將老西河。後生多名士。欲薦空悲歌。小范眞可人。獨肎勤收羅。瘦馬識騄耳。枯桐得雲和。近聞館李生。公自注謂李廌方叔病鶴借一柯。贈行苦說我。妙語慰蹉跎。西羌已解仇。烽火連朝那。坐籌付公等。吾將寄潛沱。

史記仲尼弟子傳孔子既沒子夏居西河教授爲魏文侯師周禮孤竹之管雲和之琴瑟冬日至於地上之圜丘奏之漢趙充國傳元康三年先零與諸羌種豪二

百餘人解仇交質詛盟漢地理志安定郡朝那縣故戎那邑也漢高祖紀運籌帷幄之中決勝千里之外吾不如子房尚書九江孔殷沱潛既道孔氏云沱江別名潛水名

聞林夫當徙靈隱寺寓居戲作靈隱前一首 唐坰

字林夫事見二十九卷和唐彥猷詩送其子坰詩注

靈隱前。天竺後。兩澗春淙一靈鷲。不知水從何處來。跳波赴壑如奔雷。無情有意兩莫測，肎向冷泉亭下相縈回。我在錢塘六百日。山中暫來不暖席。今君欲作靈隱居。葛衣草屨隨僧蔬。能與冷泉作主一百日。不用二十四考書中書。

圖經杭州靈山之陰北澗之陽即靈隱寺靈山之南南澗之陽即天竺寺二澗流水號錢源泉遶寺峰南北而下至峰前合爲一澗有橋號合澗橋又冷泉亭在飛

來峰下白樂天泠泉亭記東南山水餘杭郡爲最就郡言靈隱爲尤由寺觀泠泉亭爲甲亭在山下水中央寺西南隅白樂天詩到郡六百日入山十二回唐郭子儀傳校中書令考二十四

滕達道挽辭二首

滕達道名甫字元發宣仁簾聽避高魯王遵甫諱遂以字名而以達道爲字也元發東陽人廷試第三早受知於范文正公而孫威敏沔一見異之曰奇材也後當爲賢將授以治劇守邊之畧同修起居注英宗書姓名藏禁中未及用神宗知之卽位擢御史中丞翰林學士尹開封故曰先帝知公早云云未幾與先生皆以論新法得罪而拳拳憂國之意若一故曰公方占賈鵬云云先生自黃移汝上書乞居常州卽日報可遂與元發會於金山蓋其來守吳興時也後以手帖與賈耘老云久放江湖不見偉人昨在金山滕元發以扁舟破巨浪出船巍然使人神聳故曰荊溪欲歸老浮玉偶同遊云云皆紀其實也

先帝知公早虛懷第一人至今詩禮將惟數武宣臣材大雖難用時來亦少信高平風烈在威敏典刑新空試

乘邊策寧畱相漢身，淒涼舊部曲，淚濕塚前麟。

左傳：僖二十七年，晉作三軍，謀元帥。趙衰曰：郤縠可。亟聞其言矣，説禮樂而敦詩書。詩書，義之府也；禮樂，德之則也；德義，利之本也。君其試之。乃使郤縠將中軍。漢公孫弘傳贊：上方欲用文武，求之如弗及。漢之得人，於兹爲盛。蓋指孝武以及孝宣之世也。漢高祖紀：興關中卒乘邊塞。李奇曰：乘，守也。漢王商傳：河平四年，單于來朝，丞相商坐未央廷中，單于仰視商貌，大畏之。天子聞而嘆曰：此眞漢相矣。杜子美詩：韋賢初相漢。續漢書百官志：將軍領軍，皆有部曲。杜子美詩：凄凉餘部曲。又詩：苑邊高塚卧麒麟。

雲夢連江雨，樊山落木秋。公方占賈鵩，我正買龔牛。共有江湖樂，俱懷畎畝憂。荆溪欲歸老，浮玉偶同遊。骫髒儀刑在，驚呼歲月遒。回頭雜歌哭，挽語不成謳。

譙周法訓：挽歌者，高帝召田横，至尸鄉自殺，從者不敢哭而不勝哀，故爲此歌以寄哀音焉。

次韻蘇伯固遊蜀岡送李孝博奉使嶺表

新苗未沒鶴，老葉方翳蟬。綠渠浸麻水，白板燒松煙。笑窺有紅頰，醉臥皆華顛。家家機杼鳴，樹樹梨棗懸。野無佩犢子，府有騎鶴仙。觀風嶠南使，出相山東賢。渡江弔很石，過嶺酌貪泉。與君步徙倚，望彼修連娟。願及南枝謝，早隨北鴈翩。歸來春酒熟，共看山櫻然。

韓退之稻畦詩：魚肥知已秀，鶴沒覺初深。晉顧愷之傳：桓玄嘗以一柳葉紿愷之曰：此蟬所翳葉也，取以自蔽，人不見已。庾信小園賦：蟬有翳兮不驚。白樂天詩：晝扉扃白板。漢趙充國傳贊：秦漢以來，山東出相，山西出將。很石在京口，注已見。晉吳隱之傳：廣州石門有水曰貪泉，隱之爲刺史，至泉所酌而飲之，因賦詩曰：若使夷齊飲，終當不易心。楚辭：姱修嫮之連娟。漢外戚李夫人傳：美連娟以修嫮。沈約詩：野棠開未落，山櫻發欲然。

石塔寺 并引

世傳王播飯後鐘詩，蓋揚州石塔寺事也。相傳如

此戲作此詩

饑眼望東西。詩腸忘早晏。雖知燈是火。不悟鐘非飯。山僧異漂母。但可供一莞。胡爲二十年。記憶作此訕。齋廚養若人。無益祇遺患。乃知飯後鐘。闍黎蓋具眼。

摭言王播少孤嘗客揚州惠照寺木蘭院隨僧粥食久之僧頗厭一日播出度未回而先飯訖乃鳴鐘魚後播鎮江都因訪舊遊所題字皆紗罩之因再詩云云按唐書播相穆宗時權倖競進播賴其力至宰相專務將迎居位無所裨益復失河北衆望不厭故公詩有無益祇遺患闍黎蓋具眼之句

送鼂美叔發運右司年兄赴闕

我年二十無朋儔。當時四海一子由。君來扣門如有求。頎然鶴骨清而修。醉翁遣我從子游。翁如退之蹈軻丘。尚欲放子出一頭。

公自注嘉祐初與子由寓興國浴室美叔忽見訪云吾從歐陽公遊久矣公令我來與子定交謂子必名世老

夫亦須放他出一頭地按子由志先生墓亦云

酒醒夢斷四十秋。病鶴不病骨愈虯。惟有我顏老可羞。醉翁賓客散九州。幾人白髮還相收。我如懷祖拙自謀。正作尚書已過優。君求會稽實良籌。往看萬壑爭交流。公自注美叔方乞越

毛詩碩人其頎注頎長也白樂天詩病瘦形如鶴晉王羲之傳嘗謂賓友曰懷祖正當作尚書耳更求會稽便自邈然王述字懷祖

王文玉挽辭

才名誰似廣文寒。月斧雲斤琢肺肝。玄晏一生都臥病。子雲三世不遷官。幽蘭空覺香風在。宿草何曾淚葉乾。猶喜諸郎有曹志。文章還復富波瀾。

晉書皇甫謐自號玄晏先生終身稱疾辭位孟郊贈崔純亮詩鏡破不改光蘭死不改香禮記曾子曰朋友之墓有宿草而不哭焉說者謂草經一年則陳根今翻

用之以言過期而猶哭也【三國魏陳思王傳】小子志保家之主也按曹志蓋陳思王植之孽子亦好學有才

送芝上人遊廬山

二年閱三州。我老不自惜。團團如磨牛。步步踏陳迹。豈知世外人。長與魚鳥逸。老芝如雲月。炯炯時一出。比年三見之。常苦有所適。逝將走廬阜。計闊道愈密。吾生如寄耳。出處誰能必。江南千萬峰。何處訪子室。

先生以元祐六年離杭名爲翰林承旨是年又出守潁州七年徙揚州故云二年閱三州

送程德林赴眞州

君爲縣令元豐中。吏貪功利以病農。君欲言之路無從。移書諫臣以自通。【公自注諫臣蹇受之也】元豐天子爲改容。我時匹馬江西東。問之逆旅言頗同。老人愛君如劉寵。小兒敬君如魯恭。爾來明目達四聰。收拾騏驥冀北空。君爲赤令有古風。政聲直入明光宮。天廐如海養羣龍。并收其子豈不公。公自注君之子祁舉制策文學行義爲時所稱白沙何必煩此翁。

後漢劉寵傳爲會稽太守徵還山陰有五六老叟尨眉皓髮人賫百錢以送寵寵勞之曰父老何自苦對曰自明府下車以來狗不夜吠民不見吏年老遭值聖明今聞見棄去故自扶奉送魯恭傳爲中牟令河南尹袁安遣仁恕掾肥親往廉察政迹恭與俱坐桑下有雉過止其旁旁有小兒親曰何不捕之兒曰雉方將雛親瞿然起曰蝗不犯境一異也化及鳥獸二異也豎子有仁心三異也還府以狀白安魏都賦冀馬塡廐而駔駿韓退之送溫造序伯樂一過冀北之野而馬羣遂空白沙眞州也唐爲白沙鎭

谷林堂

深谷下窈窕。高林合扶疎。美哉新堂成。及此秋風初。我來適過雨。物至如娛予。稚竹真可人。霜節已專車。老槐苦無賴。風花欲塡渠。山鴉爭呼號。谿蟬獨淸虛。寄懷勞生外。得句幽夢餘。古今正自同。歲月何必書。

國語禹致羣臣於會稽之山防風氏後至殺而戮之骨節專車杜子美詩書時記朝夕

予少年頗知種松手植數萬株皆中梁柱矣都梁山中見杜輿秀才求學其法戲贈二首

露宿泥行草棘中。十年春雨養髯龍。如今尺五城南杜。欲問東坡學種松。

鷄跖集韋曲杜鄠近長安諺曰城南韋杜去天尺五杜子美贈韋七詩時論同歸尺五天

君方掃雪收松子。我已開榛得茯苓。爲問何如插楊柳。

明年飛絮作浮萍。

先生次韻章質夫楊花詞曉來雨過遺蹤何在一池萍碎注云舊説楊花入水爲浮萍驗之信然

行宿泗間見徐州張天驥次舊韻

二年三蹋過淮舟。款段還逢馬少游。無事不妨長好飲。著書自要且窮愁。孤松早偃原非病。倦鳥雖還豈是休。更欲河邊幾來往。祇今霜雪已蒙頭。

酉陽雜俎世傳松千歲方偃盖然有數年輒偃但於根下遇石則偃耳遯齋閒覽蘇伯才云凡欲偃松栽時去松中大根惟留四傍須根則無不偃陶淵明歸去來詞鳥倦飛而知還

次韻劉景文贈傅羲秀才

幼眇文章宜和寡。崢嶸肝肺亦交難。未能飛瓦彈清角。

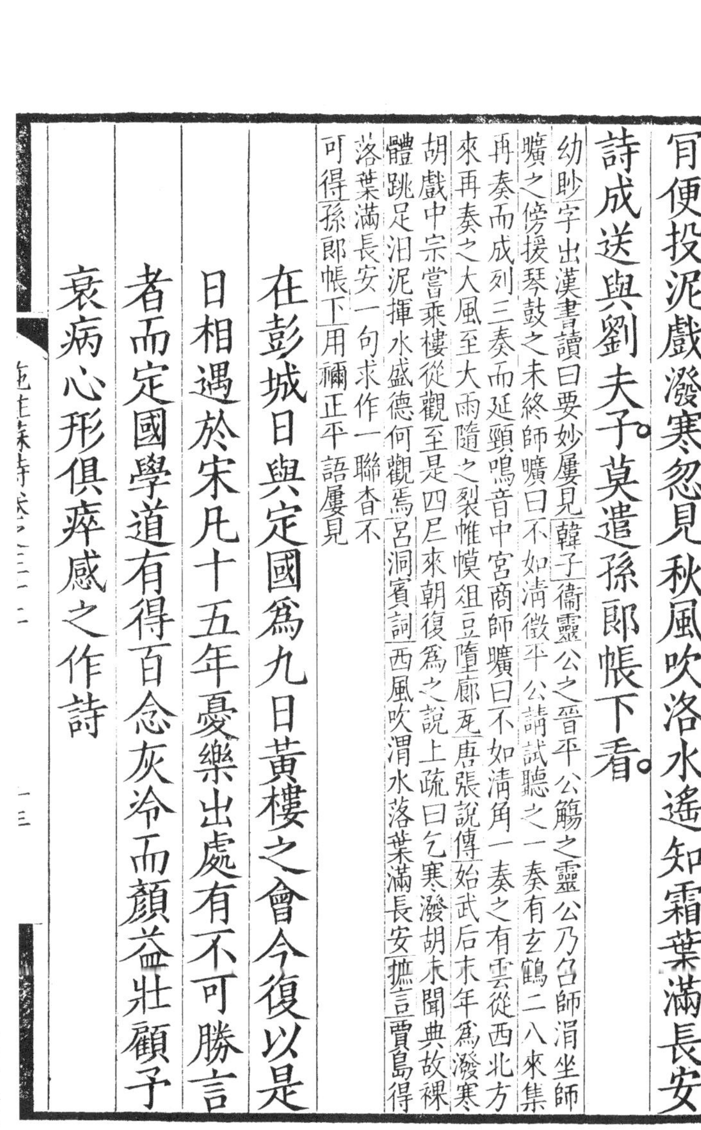

肎便投泥戲潑寒。忽見秋風吹洛水。遥知霜葉滿長安。詩成送與劉夫子。莫遣孫郎帳下看。

幼眇字出漢書讀曰要妙屢見韓子衛靈公之晉平公觴之靈公乃召師涓坐師曠之傍援琴鼓之未終師曠曰不如清徵平公請試聽之一奏有玄鶴二八來集再奏而成列三奏而延頸鳴音中宮商師曠曰不如清角一奏之有雲從西北方來再奏之大風至大雨隨之裂帷幙俎豆墮廊瓦唐張說傳始武后末年爲潑寒胡戲中宗嘗乘樓從觀至是四夷來朝復爲之說上疏曰乞寒潑胡未聞典故裸體跳足汩泥揮水盛德何觀焉呂洞賓詞西風吹渭水落葉滿長安摭言賈島得落葉滿長安一句求作一聯杳不可得孫郎帳下用禰正平語屢見

在彭城日與定國爲九日黄樓之會今復以是日相遇於宋凡十五年憂樂出處有不可勝言者而定國學道有得百念灰冷而顏益壯顧予衰病心形俱瘁感之作詩

菊盞萸囊自古傳。長房寧復是臞仙。應從漢武橫汾日。數到劉公戲馬年。對玉山人今老矣。見恒河性故依然。王郎九日詩千首。今賦黃樓第二篇。

吳筠續齊諧記費長房謂桓景曰九月九日汝家當有災異急令家人縫絳囊盛茱萸繫臂上登高飲菊花酒可消此禍漢武帝秋風辭泛樓船兮濟汾河橫中流兮揚素波南史宋武帝在彭城九月九日遊項羽戲馬臺再見世說山公謂嵇叔夜之爲人也巖巖若孤松之獨立其醉也隗然若玉山之將頹楞嚴經佛告波斯匿王言我今示汝不生滅性汝年幾時見恒河水王言我生三歲經過此流爾時即知是恒河水佛言如汝所說日月歲時念念變遷則汝三歲見此河時王年十三其水云何王言如三歲時宛然無異乃至於今年六十二亦無有異

九日次定國韻

朝菌無晦朔。蟪蛄疑春秋。南柯已一世。我眠未轉頭。仙人視吾曹。何異蜂蟻稠。不知蠻觸氏。自有兩國憂。我觀去來今。未始一念留。奔馳竟何得。而起無窮羞。王郎誤涉世。屢獻久不讎。黄金散行樂。淸詩出窮愁。俛仰四十年。始知此生浮。軒裳陳道路。往往兒童收。封侯起大第。或是君家騶。似聞負販人。中有第一流。炯然徑寸珠。藏此百結裘。意行無車馬。倏忽畧九州。邂逅獨見之。天與非人謀。笑我方醉夢。衣冠戲沐猴。力盡病騏驥。伎窮老伶優。北山有雲根。寸田自可耰。會當無何鄉。同作逍遥遊。歸來城郭是。空有纍纍丘。

莊子逍遥遊朝菌不知晦朔蟪蛄不知春秋此小年也李太白將進酒歌天生我材必有用黄金散盡行復來烹羊宰牛且爲樂會須一飲三百杯世說桓大司馬問劉眞長曰聞會稽王語奇進爾耶對曰極進然是第二流中人桓曰第一流是誰劉曰正在我輩逸士傳董威隱居洛陽白社以殘絮縷帛爲衣號百結衣楞嚴

經譬如有人於自衣中繫如意寶珠不自知覺漢伍被傳漢廷公卿列侯皆如沐猴而冠耳蓋寬饒傳長信少傅以列卿而沐猴舞又見項羽傳莊子逍遙遊何不樹之無何有之鄉廣莫之野仿偟乎無爲其側丁令威歌城郭如故人民非何不學仙冢纍纍屢見

召還至都門先寄子由

老身倦馬河堤永踏盡黃榆綠槐影荒雞號月未三更客夢還家時一頃歸老江湖無歲月未塡溝壑猶朝請

黃門殿中春事罷詔許來迎先出省巳飛青蓋在河梁定餉黃封兼賜茗遠來無物可相贈一味豐年說淮頴

異聞實錄江南進士陳季卿客長安十年不歸一日終南山翁以竹葉置寰瀛圖上渭水中令陳注目恍然至家信宿復回山翁尚擁褐而坐季卿謝曰豈非夢耶翁曰他日自知之經月家人來訪具述所以而留詩皆在漢汲黯傳曰臣自以爲塡溝壑不復見陛下不意陛下復收之漢吳王濞傳不能朝請二十餘年注云漢律春曰朝秋曰請如古諸侯朝聘也唐百官志開元元年改門下省曰黃門按子由時爲門下侍郎故事執政聽謁有服親仍先上聞得旨乃出青蓋按國朝故事

宰相執政許張青蓋

次韻定國見寄

還朝如夢中。雙闕眩金碧。復穿鴛鷺行。強寄麋鹿迹。勞生苦晝短。展轉不能夕。默坐數更鼓。流水夜自逆。故人爲我謀。此志何由畢。越吟知聽否。誰念病莊舄。公自注時方請越

史記陳軫傳軫對秦惠王曰越人莊舄仕楚執珪有頃而病楚王曰舄故越之鄙細人也今仕楚執珪富貴矣亦思越不中謝對曰凡人之思故在其病也彼思越則越聲不思越則楚聲使人往聽之猶尚越聲也今臣雖棄逐之楚豈能無秦聲哉

次韻蔣穎叔錢穆父從駕景靈宮二首

歸來病鶴記城闉。舊踏松枝雨露新。半白不羞垂領髮。軟紅猶戀屬車塵。公自注前輩戲語有西湖風月不如東華軟紅香土雨收九陌豐登後。

施注蘇詩卷三十二

日麗三元下降辰。麤識君王爲民意不才何以助精禋潘安仁秋興賦素髮颯以垂領杜子美詩鬢毛垂領白尚書禋於六宗孔安國曰精意以享謂之禋按年譜元祐七年壬申是歲南郊先生爲鹵簿使

與君並直記初元。白首還同入禁門玉殿齊班容小語霜廷稽首泫微溫。病貪賜茗浮銅葉公自注適與穆父並拜庭中地皆流濕相與小語道之

老怯秋泉灩寶樽。回首鵷行有人傑。坐知羌鹵是遊魂周禮大祝辨九㨨一曰稽首銅葉言茶盞也魏文帝善哉行假氣游魂魚鳥爲伍杜子美詩今日看天意遊魂貸爾曹

近以月石硯屏獻子功中書公復以涵星硯獻純父侍講子功有詩純父未也復以月石風林屏贈之謹和子功詩幷求純父數句

紫潭出玄雲。翳我潭中星。獨有潭上月。倒挂紫翠屏。我

老不看書默坐養此昏花睛時時一開眼見此雲月眼自明久知世界一泡影大小眞僞何足評笑彼三子歐梅蘇無事自作雪羽爭公自注事見三人詩集故將屏硯送兩范要使珠璧棲窻櫺大范忽長謠語出月脇令人驚小范當繼之說破星心如鷄鳴牀頭復一月下有風林橫急送小范家護此涵星泓願從少陵博一句山木盡與洪濤傾

後漢列女蔡琰傳玄雲合兮翳月星異聞實錄徐玄之夜見人物如粟粒行案上傳呼曰蚍蜉王欲觀漁於紫石潭漁具數十人入硯中皆獲小魚玄之大駭以冊覆之照看皆無雪羽用孟子字前漢天文志日月如合璧五星如連珠月脇用皇甫湜若穿天心出月脇語已見孟郊聞鷄詩似開孤月口能說落星心杜子美山水圖歌舟人漁子入浦溆山木盡亞洪濤風

次韻范純父涵星硯月石風林屏詩

月次於房歷三星。斗牛不神箕獨靈。簸搖桑榆盡西靡。影落蘇子硯與屏。天工與我兩厭事。孰居無事爲此形。與君持橐侍帷幄。同到溫室觀堯蓂。自憐太史牛馬走。伎等卜祝均倡伶。欲畱衣冠挂神武。便擊雲水歸南溟。陶泓不稱管城沐。醉石可助平泉醒。故持二物與夫子。欲使妙質畱天庭。但令滋液到枯槁。勿遣光景生晦冥。上書挂名豈待我。獨立自可當雷霆。我時醉眠風林下。夜與漁火同青熒。撫物懷人應獨歎。作詩寄子誰當聽。

韓退之三星行我生之辰月宿南斗箕獨有神靈無時停簸揚三星各在天什五東西陳嗟汝牛與斗汝獨不能神劉孝標書冀東平之樹望咸陽而西靡淮南子日西垂景在桑端謂之桑榆莊子天運篇孰居無事推而行是帝王世記堯時有草當階而生每月朔日生一莢至月半則生十五莢自十六日後日落一莢至月

而盡月小則餘一莢不落此瑞草也謂之蓂莢司馬遷報任安書太史公牛馬走司馬遷再拜言僕之先人非有剖符丹書之功文史星曆近乎卜祝之間固主上所戲弄倡優畜之韓退之毛穎傳封諸管城號管城子陳玄陶泓褚先生友善相推致出處必偕舊唐書李德裕傳平泉別墅有醒酒石德裕醉則踞之又歸登傳登拜右拾遺時德宗欲相裴延齡補闕熊執易危言忤旨草成以示登登曰願寄一名雷霆之下安忍令足下獨當

次韻錢穆父會飲

按先生論新法出爲杭州通判時年三十六歷典三郡謫徙黃州年五十始再登朝二聖眷遇特異諸公懼其得政交攻之既不自安力丐外出守杭州凡再歲名入而子由已爲右丞公以嫌又上章丐去遂守潁移揚復召入益不爲畱計元祐初錢穆父與公同在西掖又同去守杭越至是復同來故云與君幾合散先生任兵部爲閑曹穆父任戶部爲劇部故云居官不任事又主人獨賢勞云云

彈冠恨不蚤。挂冠常苦遲。盛服每假寐。角闕時伏思。東門未祖道。西山空挂頤。逝將江海去。安此麋鹿姿。要當謀三徑。何暇擇一枝。與君幾合散。得酒忘醇醨。君談似落屑我飲如奕棊。公自注世有作詩如奕棊奕棊如飲酒飲酒乃大戒之語僕於棊酒二事俱不能也居官不任事。造物眞見私。主人獨賢勞。金穀方流馳。行人亦結東杕杜乃歸期。公卿雖少安。河流正東釃。我得會稽去方回艮不癡。

左傳宣公二年晨往寢門闢矣盛服將朝坐而假寐王注角闕言帝闕之角也漢文紀未央宮東闕罘罳災師古曰罘罳謂連闕曲閣也釋名罘罳在闕門外罘復也臣將入議事至此復重思莊子逍遙遊鷦鷯巢於深林不過一枝晉史胡毋輔之字彥國王澄曰彥國吐佳言如鋸木屑霏霏不絕漢溝洫志禹以爲河所從來者高水湍悍難以行平地數爲敗迺釃二渠以引其河注云釃分也晉郗愔傳字方回遷太常固讓不拜樂補遠郡出爲會稽內史久之乞骸骨因居會稽

施註蘇詩卷之三十二

施註蘇詩卷之三十三

漫堂先生宋犖　長洲顧嗣立
樸園先生張榕端閱定　毗陵邵長蘅删補
商丘宋至

詩四十一首起在兵部洎遷禮部尚書作

次韻穆父尚書侍祠郊丘瞻望天光退而相慶引滿醉吟

千章杞梓蔭雲天。欂散誰收老鄭虔。喜氣到君浮白裏。豐年及我挂冠前。令嚴鐘鼓三更月。野宿貔貅萬竈煙。太息何人知帝力。歸來金帛看頳肩。

杜子美送鄭虔貶台州司戶鄭公樗散鬢成絲酒後常稱老畫師史記孫子傳使齊軍入魏地爲十萬竈明日爲五萬竈又明日爲二萬竈韓退之城南聯句刈熟擔肩頳

郊祀慶成詩 元祐七年哲宗合祭天地于圜丘公以兵部尚書爲南郊鹵簿使先是朝饗八室至神宗室上涕洟不止癸巳冬至行禮上致誠極恭夜月澄爽雲物晏溫御樓肆赦終日和燠天意昭答翌日風寒相屬時雪如期宰執侍從進詩以賀蓋此詩也

帝出乘昌運。天心予太平。文章三代繼。制作七年成。大祀乾坤合。剛辰日月明。泰壇朝掃地。魄寶夜垂精。仰御圓蒼蓋。環觀海嶽城。北流吞朔易。西極落欃槍。升燎靈光答。回鑾瑞霧迎。需雲徧枯槁。解雨達句萌。可頌非天德。因箴亦下情。民言知有酌。帝謂本無聲。富國由崇儉。

蘄年在好生。無心斯格物。克已自銷兵。化國安新政。孤臣反舊耕。還將清廟什。留與野人賡。

周易帝出乎震漢食貨志三登曰太平漢孝武紀贊曰號令文章煥然可述後嗣得遵鴻業有三代之風尚書洛誥註周公七年成禮樂禮記成王幼弱周公踐天子之位以治天下朝諸侯於明堂制禮作樂頒度量而天下服七年致政於成王禮記外事以剛日鄭氏曰順其出爲陽也出郊爲外事爾雅圓丘泰壇祭天也方澤泰圻祭地也禮記埽地而祭貴質也晉天文志鉤陳口中一星曰天皇大帝其神曰耀魄寶唐文粹李德裕武宗冊文云振金石而六變魄寶昭臨詩國風北流活活詩意言黃河順流也尚書平在朔易孔安國云北稱朔易謂歲改易於北方西極謂西夏也漢天文志天槍左右銳長數丈縮西北天欃本類星末銳長數丈石氏云槍欃棓彗異狀其殃一也又曰祅星周易雲上於天需君子以飲食宴樂又解卦天地解而雷雨作雷雨作而百果草木皆甲坼解之時義大矣哉禮記季春之月生氣方盛陽氣發泄句者畢出萌者盡達唐李絳傳安國佛祠欲使絳爲之頌絳言大人與天地合德謂非文字所能盡若令可述是陛下美有分限毛詩庭燎美宣王也因以箴之禮記坊記上酌民言則下天上施詩大雅帝謂文王予懷明德又上天之載無聲無臭後漢王符傳化國之日舒以長故其民閑暇而力有餘毛詩清廟祀文王也

次韻奉和錢穆父蔣穎叔王仲至四首

見和西湖月下聽琴

謖謖松下風。藹藹隴上雲。聊將竊比我。不堪持寄君。半生寓軒冕。一笑當琴尊。良辰飲文字。晤語無由醺。我有鳳鳴枝。背作蚰蚹紋。月明委靜照。心清得奇聞。當呼玉澗手。公自注家有雷琴甚奇古玉澗道人崔閑妙于雅聲當呼使彈一洗羯鼓昏。請歌南風曲。猶作虞書渾。

王注鳳鳴枝琴也琴古而漆裂則有蚰蚹紋蚰蚹字出莊子注謂蚰腹下有齟齬可以行也羯鼓錄明皇酷不好琴嘗聽琴未及畢叱琴者出曰速召花奴將羯鼓來爲我解穢史記樂書舜作五絃之琴以歌南風揚子虞夏之書渾渾爾

見和仇池

上窮非想亦非非。下與風輪共一癡。翠羽若知牛有角。空瓶何必井之眉。還朝暫接鵷鸞翼。謝病行收麋鹿姿。記取和詩三益友。他年弭節過仇池。

華嚴經四空處天無邊處天無所有處天非想非非想處天又金輪水際外有風輪樓炭經地深二十億萬里下有金粟金剛亦各二十億萬里下有水際八十億萬里此雖六重前四是地輪第五水輪第六風輪共一癡三言上天下地皆然蓋佛氏謂之界者一癡想所成也白樂天詩上自非想頂下及風水輪杜子美赤霄行孔雀未知牛有角渴飲寒泉逢抵觸赤霄玄圃須往來翠尾金華不辭辱漢陳遵傳揚雄作酒客難法度士曰子猶瓶矣觀瓶之居居井之眉處高臨深動常近危唐上官儀曰御史供奉赤墀下接武夔龍簉羽鵷鷺三益友指言錢蔣王也仇池詳見三十二卷雙石詩注

玉津園

承平苑囿雜耕桑。六聖勤民計慮長。碧水東流還舊派。公自注玉津分蔡河上流復合於下紫壇南峙表連岡。不逢遲日鶯花亂。空想疎林雪月光。千畝何時躬帝籍。斜陽寂歷鑠雲莊。

六聖謂太祖太宗眞宗仁宗英宗神宗漢郊祀志甘泉泰畤紫壇八觚宣通象八方禮記天子籍田千畝以事天地

籍田

竊脂方紀瑞。布穀未催耕。魚沫依蘋渚。蝸涎上綵楹。江湖來夢寐。蓑笠負平生。琴裏思歸曲。因君一再行。

左傳昭十七年少皞摯之立也鳳鳥適至故紀於鳥爲鳥師而鳥名九扈爲農正杜預曰桑扈竊脂也文選石季倫有思歸引序注巳見

頃年楊康功使高麗還奏乞立海神廟于板橋僕嫌其地湫隘移書使遷之文登因古廟而新之楊竟不從不知定國何從見此書作詩稱道不已僕不能記其云何也次韻答之楊康功名景畧洛陽人元豐閒

以起居郎使高麗爲國王祭奠使歸稱上旨就賜金紫擢中書舍人終龍圖閣待制知揚州

退之仙人也游戲於斯文談笑出奇偉鼓舞南海神頃年三韓使幾爲鮫鰐吞歸來築祠宇要使百賈奔公自注板橋商賈所聚我欲遷其廟下數浮空羣公自注謂登州海市移書竟不從信非磊落人公胡爲拳拳繫此空中雲作詩頌其美何異刻劍痕我今已括囊象在六四坤

韓退之南海神廟碑海於天地間爲物最鉅而南海神次最貴在北東西三神河伯之上號爲祝融傳燈錄南泉云汝道空中一片雲爲復釘釘住爲復藤纜著刻劍出呂氏春秋詳二十二卷王仲父哀辭注周易坤之六四曰括囊無咎無譽

沐浴啟聖僧舍與趙德麟邂逅趙德麟名令畤舊字景貺事見三十卷先生守潁德麟在幕府郡有西湖每相從其上至是官滿入京故有東潁西湖季子來歸之句時先生力求會稽故有同泛越溪之句

南山北闕兩非眞。東潁西湖迹已陳。季子來歸初可喜。老耼新沐定非人。酒清不醉休休暖。睡穩如禪息息勻。自笑塵勞餘一念。明年同泛越谿春。孟浩然詩北闕休上書南山歸敝廬春秋閔元年八月季子來歸穀梁傳其曰季子貴之也其曰來歸喜之也莊子田子方孔子見老耼老耼新沐方將被髮而乾慹然似非人注慹不動皃神仙傳焦先臥于雪下氣息休休如盛暑醉臥之狀

次韻王仲至喜雪御筵元祐七年南郊罷時雪如期先生是歲自揚州召歸故云偶還仗內身如寄仲至名欽臣時權工部侍郎

三軍喜氣鑠飛花。睡起空驚月在沙。未集驊騮金騣褭。故殘鵷鷺玉橫斜。偶還仗內身如寄。尚憶江南酒可賒。宣勸不多心自醉。强扶衰白拜君嘉。

杜子美宣政退朝詩雪殘鳷鵲亦多時唐儀衛志衛凡朝會之仗二衛番上分爲五仗一曰供奉仗二曰親仗三曰勳仗四曰翊仗五曰散手仗每月以四十六人立內廊閤外號曰內仗以左右金吾將軍當上中郎將一人押之朝罷皇帝步入東序門然後放仗後漢劉寬傳帝嘗令講經寬于坐被酒睡伏帝問太尉醉耶對曰任重責大憂心如醉左傳襄四年晉侯享魯穆叔歌鹿鳴之三穆叔曰君所以嘉寡君也敢不拜嘉

僕所藏仇池石希代之寶也王晉卿以小詩借觀意在於奪不敢不借然以此詩先之

海石來珠宮。秀色如蛾綠。坡陀尺寸間。宛轉陵巒足。連娟二華頂。空洞三茅腹。初疑仇池化。又恐瀛洲蹙。殷勤嶠南使。餽餉淮東牧。公自注僕在揚州程德孺自嶺南解官還以此石見遺得之喜無寐。與汝交不瀆。盛以高麗盆。藉以文登玉。公自注僕以高麗所餉大銅盆貯之又以登州海石如碎玉者附其足幽光先五夜。冷氣壓三伏。老人生如寄。茅舍久未卜。一夫幸可致。千里常相逐。風流貴公子。竄謫武當谷。見山應已厭。何事奪所欲。欲留嗟趙弱。寧許負秦曲。傳觀愼勿許。間道歸應速。楚詞紫貝闕兮珠宮再見南部新書青黛螺光明鮮翠每一螺直千金當時名之曰蛾綠漢舊儀中黃門持五夜謂自甲夜至戊夜也唐地理志均州武當郡有武當山九域志武當山一名仙室山山上有巖澗凡三十七所趙弱四句用史記藺相如歸璧事詳已見

次天字韻答岑巖起岑巖起名象求梓州人元祐四年爲郎考功用蘇文定公薦拜殿中侍御史文定執政以嫌徙金部郎事徽宗於王邸終寶文閣待制第四卷送岑著作詩即巖起也

一聲清蹕霧開天。百辟心莊豈貌虔。回顧驚君珠玉側。同升愧我粃糠前。褭回月色留壇影。縹緲松香泛蠟煙。公自注近制以椽燭松明易粃盆莫嘆郎潛生白髮。聖朝求舊鄙鳶肩。

周禮卿士大祭祀帥其屬夾道而蹕漢儀注皇帝輦動稱警出殿則傳蹕晉衛玠傳王濟歎曰珠玉在側覺我形穢孫綽傳與習鑿齒共行綽在前顧謂習曰沙之汰之瓦礫在後習曰簸之揚之糠粃在前後漢張衡傳尉厖眉而郎潛鳶肩用唐馬周事竝已見

次韻蔣穎叔二首

扈從景靈宮

道人幽夢曉初還。已覺笙簫下月壇。風伯前驅清宿霧。祝融參乘破朝寒。英姿連璧從多士。妙句鏘金和八鑾。已向詞臣得頗牧。公自注時穎叔新除熙河帥 路人莫作老儒看。

楚辭遠遊風伯為余先驅兮辟氛埃而清涼漢司馬相如傳大人賦祝融警而蹕御子虛賦陽子參乘孅阿為御韓退之荆潭唱和詩序鏗鏘發金石世說孫興公作天台山賦成以示范榮期云卿試擲地要作金石聲詩小雅四牡彭彭八鸞鏘鏘唐畢誠傳為翰林學士宣宗名訪邊事誠條狀甚悉帝悅曰吾將擇能帥者孰謂頗牧在吾禁署卿為朕行乎即拜邠寧節度使

凝祥池

似知金馬客。時夢碧雞坊。冰雪消殘臘煙波寫故鄉。鳴鑾自容與立馬久回翔。乞與三韓使。新圖到樂浪。（公自注：時高麗使在都下每至勝景輒圖畫以歸）碧雞坊在成都杜子美詩云時出碧雞坊西郊向草堂漢地理志樂浪郡武帝元封三年開故朝鮮國也圖畫見聞志高麗國熙寧甲寅歲遣使金良鑒入貢訪中國圖畫銳意購求稍精者十無一二然猶費三萬餘緡丙辰冬復遣使崔思訓入貢因將帶畫工數人乞摹寫相國寺壁畫歸國詔許之於是盡摹之持歸其畫人頗有精于筆法者

和叔盎畫馬

天驥德力備。馬外龍鱗中。皇天不遣言。兀與圖畫同（一作畫圖）。駑駘飽官粟。未受一洗空。十駕均一至。何事籋雲風。

南秦錄呂光討西域平上疏曰惟龜茲據三十六國之中入其國城天驥龍鱗腰褭丹髦萬計盈廐元微之望雲騅歌邑沮聲悲仰天訴天不遺言君未識杜子美丹青引斯須九重眞龍出一洗萬古凡馬空荀子驥一日而千里駑馬十駕亦及之矣籋雲字出漢禮樂志屢見

王晉卿示詩欲奪海石錢穆父王仲至蔣穎叔皆次韻穆至二公以爲不可許獨穎叔不然今日穎叔見訪親睹此石之妙遂悔前語僕以謂晉卿豈可終閉不予者若能以韓幹二散馬易之者蓋可許也復次前韻

相如有家山。縹緲在眉綠。誰云千里還。寄此一蕈足。平生錦繡腸。蚤歲藜莧腹。從教四壁空。未遣兩峰蹙。吾今況衰病。義不忘樵牧。逝將仇池石。歸泝岷山瀆。守子不貪寶。完我無瑕玉。故人詩相戒。妙語予所伏。一篇獨異論。三占從兩卜。君家畫可數。天驥紛相逐。風騣掠原野。電尾梢澗谷。君如許相易。是亦我所欲。今朝安西守。來聽陽關曲。勸我留此峰。他日來不速。

西京雜記文君眉色不加黛常如遠山再見李白翰林集序太白弟令問嘗目白曰兄心肝五臟皆錦繡耶韓退之詩三年國子師腸肚習藜莧左傳襄十五年子罕曰我以不貪爲寶爾以玉爲寶不若人有其寶尚書三人占則從二人之言柳子厚龍城錄寧王善畫馬六馬滾塵圖明皇最愛玉面花驄謂無纖悉不備風騣霧鬣信偉如也唐書地理志洮州臨洮郡有府一名安西

欲以石易畫晉卿難之穆父欲兼取二物頹叔欲焚畫碎石乃復次前韻幷解二詩之意

春冰無真堅。霜葉失故綠。鷃疑鵬萬里。蚿笑夔一足。二豪爭攘袂。先生一捧腹。明鏡既無臺。淨甁何用蹙。盆山不可隱。畫馬無由牧。聊將置庭宇。何必棄溝瀆。焚寶眞愛寶。碎玉未忘玉。久知公子賢。出語耆年伏。欲觀轉物妙。故以求馬卜。維摩既復捨。天女還相逐。授之無盡燈。照此久幽谷。定心無一物。法樂勝五欲。三峩吾鄉里。萬馬君部曲。卧雲行歸休。破賊看神速。公自注晉卿將種常有此意

莊子秋水篇夔謂蚿吾以一足趻踔而行予無如矣今子之使萬足獨奈何蚿曰予動吾天機而不知其所以然晉劉伶傳嘗醉與俗人相忤其人攘袂奮臂而往伶徐曰雞肋不足以安尊拳傳燈錄神秀云心如明鏡臺六祖云明鏡亦無臺又百丈名潙山云潙山勝景汝當居之華林曰某甲忝居上首祐公何得住持百丈曰若能下得一句出格當與住持卽指淨缾問云不得喚做淨甁華林曰不可喚作木橛也百丈又問祐師師踢倒淨缾百丈笑云輸卻山子也楞嚴經衆生皆轉於物若能轉物卽同如來維摩經魔波旬言居士可捨此女以一切所有於彼者是爲菩薩維摩言我已捨矣汝便將去於是諸女問維摩我等云何止於魔宮居

施注蘇詩卷三十三

士乃言諸姊有法門名無盡燈無盡燈者譬如一燈然百千燈冥者皆明明終不盡又互見六卷上元詩注傳燈錄六祖偈云本來無一物維摩經汝等已發道意有法樂可以自娛法華經堅著於五欲癡愛故生惱因造立宅舍五欲自娛

生日劉景文以古畫松鶴爲壽且貺佳篇次韻爲謝

問子一室閒寧有千里廓塵心洗長松遠意發孤鶴生朝得此壽死籍疑可落微言在參同妙契藏九籥故人有奇趣逸想寄幽壑霜枝謝寒暑雲翮無前却何須構明堂未羨巢阿閣緬懷別時語復作數日惡詩腴固堪飡字瘦還可愕高標忽在眼清夢了如昨君今噲等伍志與湛輩各豈待相顧言方爲不朽託子雲老執戟長

孺終主爵。吾當追松喬，子亦鄙衛霍。

抱朴子小餌丹法服之二日司命削其死籍 李太白詩北酆落死名南斗上生籍 白樂天詩授我參同契其辭妙且微 神仙傳魏伯陽齊會稽上虞人也得古文龍虎上經盡獲妙旨公因約其象著參同契三卷 鮑照升天行五圖發金記九龠隱丹經注云仙家有九轉金丹法而龠所以藏書也 白樂天松詩殺身獲其所爲君構明堂 軒后本紀鳳集東園梧桐又巢阿閣 南齊王儉傳世祖嘗問當今誰能爲五言詩儉曰謝朏得父膏腴 晉羊祜傳從事鄒湛曰公令聞令望必與此山俱傳至若湛輩乃當如公言耳 互詳十七卷與王郎昆仲詩注 漢汲黯傳字長孺武帝名爲主爵都尉

程德孺惠海中柏石兼辱佳篇輒復和謝 程德孺名之元

持節嶺南歸惠此石故皆用嶺南事德孺時爲主客郎中

嵐薰瘴染卻敷腴。笑飲貪泉獨繼吴。未欲連車收薏苡，肎教沈網取珊瑚。不知庾嶺三年別，收得曹溪一滴無。但指庭前雙柏石，要予臨老識方壺。

飲貪泉晉吳隱之事薏苡後漢馬援事並已見洽聞記韓旃國海中珊瑚生于水底以大船鐵網取之名其所爲珊瑚洲南越志南越以五嶠爲限東曰大庾九域志大庾嶺本屬虔州大庾縣淳化三年以縣置南安軍傳燈錄僧問雲門如何是曹溪一滴水再見又趙州從諗禪師凡有僧入室但指庭前柏樹云庭前柏樹子拾遺記海中有三山其形如壺方丈曰方壺蓬萊曰蓬壺瀛洲曰瀛壺

次秦少游韻贈姚安世

帝城如海欲尋難。肎捨漁舟到杏壇。剝啄扣君容膝戶。巍峩笑我切雲冠。問羊獨怪初平在。牧豕應同德曜看。肎把參同較同異。小牕相對爲研丹。

莊子漁父篇孔子休乎杏壇之上絃歌鼓琴奏曲未半漁父下船而來楚辭九章冠切雲之崔巍問羊黃初平事詳見十四卷送將官梁左藏詩注後漢梁鴻傳牧豕於上林苑中娶同縣孟氏女字之曰德曜孟光

次丹元姚先生韻

葉少蘊避暑錄記姚丹元事云姚因王鞏以進於東坡本京師富人王氏子爲父逐

去事建隆觀一道士天資頗慧因取道藏徧讀或能成誦又多得其方術丹藥作詩間有放浪奇譎語故能成其說浮沈淮南屢易姓名後復其姓名爲王繹又易名元誠力詆林靈素爲其毒死

浮生知幾何。僅熟一釜羹。那於俯仰間。用此委曲情。自憐無他腸。偶亦得此生。懸知當去客。中有不亡存。但恐宿緣重。每爲習氣昏。似聞梅子眞。近在吳市門。未能肩拍洪。但欲目擊溫。不敢扣門呼。恐作踰垣奔。且令紹介先。徐以方便論。不學劉更生。黃金鑄尚方。不學房次律。身事問潁陽。王烈亦何人。叔夜未可量。獨見神山開。遽飡石髓香。至道尚聽瑩。麤材終蹶張。先生喜而笑。幅巾登我堂。苦誓指黃壤。要言刻靑琅。蓬萊在何許。弱水空

相望且當從嵇阮聊復數山王達人友四海曲士守一疆慎勿使形諜兒童驚夜光

漢書衞綰傳以戲車爲郎文帝以爲廉謹實無他腸以爲河間王大傅陶淵明雜詩身爲逆旅舍我如當去客莊子田子方吾有不亡者存韓退之華山女詩仙梯難攀俗緣重楞嚴經陀那微細識習氣成暴流漢梅福字子眞變姓名爲吳市門卒詳見九卷次韻陳海州注郭景純游仙詩左挹浮丘袖右拍洪崖肩莊子田子方溫伯雪子舍於魯仲尼見之而不言子路問之仲尼曰若夫人者目擊而道存矣不可以容聲矣維摩經維摩詰以方便現身有疾廣爲說法法華經以方便力柔伏其心漢楚元王傳向字子政本名更生尚方鑄作事詳十二卷贈王仲素寺丞詩注酉陽雜俎邢和璞善心算作潁陽書疏房琯太尉祈問終身之事邢言若由東南止西北祿命卒矣降魄之處非館非寺非塗署病起於魚飧木材用龜茲板其後房公舍閬州紫極宮見有治龜茲板者始憶邢之言有頃刺史具鱠邀琯琯悟具以板事白於刺史其夕病鱠卒也王烈石髓事屢見嵇康字叔夜聽瑩字出莊子齊物論已見漢申屠嘉傳以材官蹶張從高帝擊項羽晉王羲之傳去會稽郡於父母墳前自誓朝廷以其誓苦亦不復徵之本草玉石部青琅玕注瑠璃之類火齊寶也續仙傳謝自然曰每登玉霄峯卽見滄海蓬萊亦應不遠於是入海遇一道士笑謂曰蓬萊隔弱水北去三萬里非飛仙莫到又互見前莊子列禦寇內誠不解形諜成光以外鎭人心使人輕乎貴老而𩐋其所患注𩐋猶醃釀也

韓退之詩兒童畏雷電魚鱉驚夜光

次韻秦少游王仲至元日立春三首

省事天公厭雨回。新年春日併相催。殷勤更下山陰雪。要與梅花作伴來。

己卯嘉辰壽阿同。公自注子由一字同叔元日己卯渠本命也願渠無過亦無功。明年春日江湖上。回首觚稜一夢中。

詞鋒雖作楚騷寒。德意還同漢詔寬。好遣秦郎供帖子。盡驅春色入毫端。公自注立春日翰林學士供詩帖子

上元侍飲樓上三首呈同列

澹月疏星遶建章。仙風吹下御爐香。侍臣鵠立通明觀。

一作殿 一朵紅雲捧玉皇。

薄雪初銷野未耕、賣薪買酒看升平。吾君勤儉倡優拙。自是豐年有笑聲。史記范雎傳楚之鐵劍利而倡優拙夫鐵劍利則士勇倡優拙則思慮遠

老病行穿萬馬羣、九衢人散月紛紛。歸來一盞殘燈在。猶有傳柑遺細君。公自注侍飲樓上則貴戚爭以黃柑遺近臣謂之傳柑聽攜以歸蓋故事也 漢東方朔傳歸遺細君又何仁也

送蔣潁叔帥熙河 并引 蔣潁叔名之奇已見二十四卷

潁叔出使臨洮與穆父仲至同餞之各賦詩一篇以今我來思爲韻致遄歸之意得我字

西方猶宿師。論將不及我。苟無深入計。緩帶我亦可。承明正須君。文字粲藻火。自薦雖云數。留行終不果。正坐喜論兵。臨老付邊瑣。新詩出談笑。僚友困掀簸。我欲歌杕杜楊柳方婀娜。邊風事首鹵。所得蓋幺麽。願為魯連書一射聊城笴。陰功在不殺。結草酬魏顆。

漢韓安國傳孝文寤於兵之不可宿也故復和親之約顏師古注宿久留也晉羊祜傳祜在軍輕裘緩帶尚書藻火粉米黼黻絺繡以五采彰施於五色作服漢丙吉傳鹵入雲中代郡吉名東曹案邊長吏瑣科條其人詩小雅杕杜勞還役也又采薇昔我往矣楊柳依依漢衛青傳至龍城斬首鹵數百史記魯仲連傳齊田單攻聊城不下仲連爲書約之矢以射城中遺燕將燕將見書泣三日乃自殺聊城亂田單遂屠聊城說文笴箭莖也魏顆事出左傳宣十五年詳見卷四送蔡冠卿知饒州詩注

再送二首

使君九萬擊鵬鵾。肎爲陽關一斷魂。不用寛心九千里。安西都護國西門。唐地理志安西大都護府初治西州正觀中置漢書鄭吉初護鄯善以西南道既破車師降日逐威震西域遂幷護車師以西北道故號都護自吉始焉

餘刃西屠橫海鯤。應子詩讖是游魂。歸來趁別陶弘景。看挂衣冠神武門。莊子養生主其於游刃必有餘地矣木玄虛海賦其魚則橫海之鯨游魂公先有詩與穎叔云須知羌鹵是游魂故中言之而曰詩讖也漢賈誼傳讖言其度注讖驗也有徵驗之書也陶弘景詩意公自謂也

次韻穎叔觀燈

安西老守是禪僧。到處應然無盡燈。永夜出游從萬騎。諸羌入看擁千層。便因行樂令投甲。不用防秋更打冰。

振旅歸來還侍宴。十分宣勸恐難勝。魏武紀賊將見公悉於馬上拜秦胡觀者前後重沓唐陸贄傳西北邊歲調河南江淮兵謂之防秋毛詩伐鼓淵淵振旅闐闐

次韻王晉卿奉詔押高麗燕射

北苑傳呼陛楯郎。東夷初識令君香。天山自可三箭取。海國何勞一葦航。宣勸不辭金盌側。醉歸爭看玉鞭長。錦囊詩草勤收拾。莫遣雞林得夜光。陛楯郎出史記滑稽傳再見世說荀令君至人家坐處三日香唐書薛仁貴傳爲鐵勒道行軍總管時九姓衆十餘萬令驍騎來挑戰仁貴發三矢輒殺三人軍中歌曰將軍三箭定天山壯士長歌入漢關九姓遂衰李賀傳每日出從小奚奴背古錦囊遇所得投囊中未嘗先立題然後爲詩白居易傳最工詩當時士人爭傳雞林行賈售其國相率易一金僞者相輒能辨之

次韻錢穆父王仲至同賞田曹梅花四朝正史錢穆父傳載其復知

開封臨事益精明東坡秉其據案時遺之詩穆父操筆立賦以報坡曰電掃廷訟響答詩筒近所未見也然穆父以是歲二月十八日再除開封田曹賞梅倡和猶當是爲戸部尚書時此後止有次韻穆父馬上寄蔣穎叔二絶而東坡出帥定武和送別一詩爾響答詩筒顧未見之豈倡酬猶有遺逸耶坡公之語不應虛發也

寒廳不知春。獨立耿玉雪。閉門愁永夜。置酒及明發。忽驚庭戸曉。未受煙雨沒。浮光風宛轉。照影水方折。鬢霜未易掃。眉斧眞自伐。惟當此花前。醉臥黃昏月。

淮南子水圓折者有珠方折者有玉枚叔七發皓齒蛾眉命曰伐性之斧

送襄陽從事李友諒歸錢塘 李友諒字叔益錢塘人舉進士紹聖初右正言張商英論元祐以來刑賞失當謂友諒當衡替因與蘇軾厚善二省爲之掩匿云

居杭積五歲。自意本杭人。故山歸無家。欲卜西湖鄰。艮田不難買。靜士誰當親。髯張既超然。老潛亦絕倫。李子冰玉姿。文行兩清淳。歸從三人游。便足了此身。公隄不改作。姥嶺行開新。幽夢隨子去。松花落衣巾。

王注 髯張老潛李子皆杭州人髯張不知爲誰老潛卽道潛師曰參寥子者李子則友諒也 公堤 卽蘇公堤姥嶺則天姥山也

次韻吳傳正枯木歌

吳傳正名安詩父克相神宗傳正元祐中爲右司諫與劉器之同攻蔡確竄荒服遷左史攝西掖坐草蘇黃門知汝州詞溢美罷去後爲子累編置湘中詩中有龍眠居士本詩人指李伯時也

天公水墨、自奇絕。瘦竹枯松、寫殘月。夢回疎影在東、窻。驚怪霜枝連、夜發。生成變壞一彈指。乃知造物初無物。古來畫師非俗士。妙想實與詩同出。龍眠居士本詩人。能使龍池飛霹靂。君雖不作丹青手。詩眼亦自工識拔。

龍眠胸中有千駟。不獨畫肉兼畫骨。但當與作少陵詩。或自與君拈禿筆。東南山水相招呼。萬象入我摩尼珠。盡將書畫散朋友。獨與長鋏歸來乎。

卓異記天授二年十二月則天幸上苑遣使宣詔曰明朝遊上苑火急報春知花須連夜發莫待曉風吹凌晨名花瑞草布苑而開楞嚴經度百千劫猶如彈指杜子美曹將軍畫馬圖詩曾貌先帝照夜白龍池十日飛霹靂又丹青引幹惟畫肉不畫骨又韋偃畫馬歌戲拈禿筆掃驊騮欻見騏驎出東壁圓覺經清淨摩尼寶珠映於五色隨方各現

送黃師是赴兩浙憲

二十二卷有泗州除夜雪中黃師是送酥酒詩黃師是名實神宗時登進士第歷京東河北轉運師是爲章子厚之甥子由官陳由是二女皆爲子由婦哲宗欲召用而林希用是沮之終寶文閣待制知定州贈龍圖閣直學士孫勰跋此詩云先生侍兒嘗問朝之諸公遷擢不淹時獨黃師是昔爲提刑今又提刑何也先生時方作詩送之故有白首沈下吏緑衣有公言之句按陸游序亦云侍妾朝雲嘗嘆黃師是仕不進故此句之意戲言其上僭云

世久無此士。我晚得王孫。寧非叔度家。豈出次公門。白
首沈下吏。綠衣有公言。哀哉吴越人。久爲江湖吞。官自
倒帑廩。飽不及黎元。近聞海上港。漸出水底村。願君五
袴手。招此半菽魂。一見刺史天。稍忘獄吏尊。會稽入吾
手。鏡湖小於盆。比我東來時。無憂瘡痍存。

後漢徵君黄憲字叔度西漢循吏黄霸字次公五袴後漢廉范事屢見漢項籍傳
今歲饑民貧卒食半菽後漢蘇章傳爲冀州刺史故人爲清河太守章行部請太
守陳平生之好太守喜曰人皆有一天我獨有二天漢周勃傳下廷尉
既出曰吾嘗將百萬軍安知獄吏之貴也會稽句先生時方請越故云

送范中濟經略侍郎分韻賦詩得先字且贈以
魚枕杯四馬箠一以元戎十乘以先啓行爲韻

范中濟字子奇五世祖仁恕相蜀因葬成都祖雍字伯仁始家河
南中濟以蔭歷官判將作監使契丹鹵欲撓之不爲屈歷四路漕

左司司農卿由河陽守召權戶部侍郎元祐八年二月爲集賢殿修撰知慶州伯仁在仁宗時爲副樞李元昊叛拜鎭武節度使知延州又知永興軍故云廟堂選世將范氏眞多賢中濟在慶進寶文閣待制廣儲蓄城柵嚴守備羈縻羌推誠待下人樂爲用入爲吏部侍郎以待制致仕

梁李久樂禍自焚豈非天兩鼠鬬穴中一勝亦偶然謀初要百慮善後乃萬全廟堂選世將范氏眞多賢仁風被宿麥綠浪搖秦川號令聳毛羽先聲落虛弦我家天一方去路城西偏投竿困障日賣劍行歸田贈君荆魚杯副以蜀馬鞭一醉可以起毋令祖生先

梁李謂西夏二種族西夏在唐賜姓李爲李繼遷本朝賜姓趙爲趙元昊承襲者姓趙其餘種族猶李姓梁則其妻之黨也左傳莊二十年王子頹歌舞不倦樂禍也又隱四年魯大夫衆仲曰兵猶火也弗戢將自焚史記趙奢傳秦伐韓軍於閼與奢曰其道遠險狹譬猶兩鼠鬬於穴中將勇者勝後漢安帝記詔以宿麥不下

賑賜貧人注宿舊也麥必經年而熟故稱宿落虛弦用戰國策更嬴射鴈事再見歐陽公送劉侍讀詩酌君以荆州魚枕之蕉贈君以宣城鼠須之筆杜牧之送薛處士詩贈以蜀馬箠副之胡簶裘晉劉琨傳與祖逖爲友聞祖逖被用曰吾枕戈待旦常恐祖生先吾著鞭

書晁說之考牧圖後

我昔在田間。但知羊與牛。川平牛背穩。如駕百斛舟。舟行無人岸自移。我臥讀書牛不知。前有百尾羊。聽我鞭聲如鼓鼙。我鞭不妄發。視其後者而鞭之。澤中草木長。草長病牛羊。尋山跨坑谷。騰趠筋骨強。煙簑雨笠長林下。老去而今空見畫。世間。馬耳射東風。悔不長作多牛翁。

圓覺經雲駛月運舟行岸移唐李密傳以蒲韉乘牛挂漢書一帙角上行且讀神仙傳王方平牽蔡經鞭之曰吾鞭亦不可妄得也莊子達生篇善養生者若牧羊

視其後者而鞭之杜子美詩老去人間空見畫李白寒食獨酌詩世人聞此皆掉頭有如東風射馬耳

呂與叔學士挽詞

呂與叔名大臨京兆藍田人博學無所不通尤深於春秋二禮每欲掇拾三代遺文舊制令今可行不爲空言以拂世駭俗元祐間從官薦其行義脩飭文詞爾雅除太學博士遷祕書省正字范内翰淳甫乞以備勸講未及用而卒兄大忠字進伯給寶文閣直學士大防字微仲爲左僕射兄弟平居相切磋論道考禮制度冠婚喪祭一本於古關中言禮學者推呂氏

言中謀猷行中經。關西人物數清英。欲過叔度留終日。未識魯山空此生。論議凋零三益友。功名分付二難兄。老來尚有憂時歎。此涕無從何處傾。

後漢黃憲傳字叔度荀淑遇憲於逆旅與語移日不能去世說郭林宗至汝南造袁奉高車不停軌鑾不輟軛詣黃叔度乃彌日信宿唐元德秀傳字紫芝蘇源明嘗語人曰吾不幸生此衰俗所不恥者識元紫芝也嘗爲魯山令天下高其行謂之元魯山再見世說陳元方子長文季方子孝光各論其父功德爭之不決白於

太丘太丘曰元方難爲兄季方難爲弟禮記孔子遇舊館人之喪入而哭之遇一哀而出涕子貢曰無乃已重乎子曰予惡夫涕之無從也

丹元子示詩飄飄然有謫仙風氣吳傳正繼作

復次其韻

飛仙亦偶然。脫命瞬息中。惟詩不可擬。如寫天日容。夢中哦七言。玉丹已入懷。一語遭綽虐。失身墮蓬萊。蓬萊至今空。護短不養才。上界足官府。謫仙應退休。可憐吳與蘇。骯髒雪滿頭。雪滿頭。終當卻與丹元子。笑指東海乘桴浮。

楞嚴經衆生堅固草木而不休息藥道圓成名飛行仙韓退之記夢詩壯非少者哦七言六字常語一字難我以指撮白玉丹行且咀嚼行詰盤口前截斷第二句綽虐顧我顏不歡乃知仙人未賢聖護短憑愚邀我敬

次韻王定國書丹元子寧極齋

仙人與吾輩。寓迹同一塵。何曾五漿饋。但有爭席人。寧極無常居。此齋自隨身。人那識郗鑒。天不留封倫。誤落世網中。俗物愁我神。先生忽扣戶。夜呼祁孔賓。便欲隨子去。著書未絕麟。願挂神虎一作武冠。往卜飲馬鄰。王郎濯紈綺。意與陋巷親。南游苦不蚤。儻及蓴鱸新。

莊子列禦寇吾嘗食於十漿而五漿先饋寓言篇其往也舍者避席煬者避竈其反也舍者與之爭席矣繕性篇不當時命而大窮乎天下則深根寧極而待此存身之道也唐紀聞譚武威段碣天寶五載過魏郡逆旅有客市藥碣知是道者即市醪薦之自言吾姓孟名期思居在恒山碣祈至山中遂約入山居五日孟先生曰今日盍謁老先生於是啟西室老先生據牀碣謁拜焉碣在山四年見老先生出戶不過五六度但端坐正心禪觀不食每出禪時即飲少藥汁碣問孟叟老先生為誰叟取晉書郗鑒傳吟讀之曰欲識先生即鑒也杜牧之題魏文貞詩可憐貞觀太平後天且不留封德彝封倫字德彝再見晉祁嘉字孔賓事詳十八卷石

芝之詩注[左傳]哀十四年春西狩獲麟杜預曰仲尼傷周道之不興感嘉瑞之無應故因魯春秋而脩中興之教絕筆於獲麟之一句所感而作故所以爲終也[挂冠]陶弘景事屢見神虎門避唐諱改神武

王仲至侍郎見惠穉栝種之禮曹北垣下今百餘日矣蔚然有生意喜而作詩

翠栝東南美。近生神嶽陰。惜哉不可致。霜根絡雲岑。仙風振高標。香實隕平林。偶隨樗櫟生。不爲樵牧侵。忽驚黃茅嶺。稍出青玉鍼。好事雖力取。王城少知音。豈無換鵝手。但知覓來禽。高懷獨夫子。一見捐橐金。得之喜不寐。贈我意殊深。公堂閙後閤。凡木媿華簪。栽培一寸根寄子百年心。常思樊籠中。摧我鸞鶴衿。誰知積雨後。寒芒曉森森。恨我迫歸老。不見汝十尋。蒼皮護玉骨。旦莫視古今。何人風雨夜。臥聽饑龍吟。

換鵝來禽用王羲之事屢見莊子千歲而一遇大聖是猶旦莫遇之也

施註蘇詩卷之三十三

施註蘇詩卷之三十四

漫堂先生宋　犖　長洲顧嗣立

樸園先生張榕端　閱定　毗陵邵長蘅　删補

商丘宋　至

詩五十七首 起在禮部洎元祐八年癸酉出知定州紹聖甲戌改元就任落職知英州再貶惠州赴嶺道中作

次韻錢穆父馬上寄蔣穎叔二首

玉關不用一丸泥。自有長城鳥鼠西。剩與故人尋土物。臘糟紅麴寄駝蹏。

後漢隗囂傳囂將王元曰請以一丸泥爲大王東封函谷關唐李勣傳治幷州十六年以威肅聞帝嘗曰煬帝不擇人守邊勞中國築長城以備突厥今我用勣守幷突厥不敢南賢長城遠矣尚書西傾朱圉鳥鼠孔安國云在隴西之西雍州之南山

多買黃封作洗泥。使君來自隴山西。高才得兔人人羨。爭欲尋蹤覓舊蹏。莊子外物篇筌者所以在魚得魚而忘筌蹏者所以在兔得兔而忘蹏

表弟程德孺生日程德孺名之元事見二十四卷送德孺守楚州詩注德孺元祐七年六月自嶺外持節歸以右朝奉郎爲主客郎中進金部時與先生同朝先生還自海南又與德孺會金山始決計歸毗陵

仗下千官散紫庭。微聞偶語說蘇程。長身自昔傳甥舅。壽骨遥知是弟兄。公自注予與君皆壽骨貫耳班列中多指予二人不問而知其爲中表也曾活萬人寧望報。公自注君在楚州予在杭州皆遇饑歲活數萬人祇求五畝卻歸耕。四朝遺老凋零盡。鶴髮他年幾箇迎。

七年九月自廣陵名還復館于浴室東堂八年

六月乞會稽將去汶公乞詩乃復用前韻三首

乞郡三章字半斜。廟堂傳笑眼昏花。上人問我遲留意。待賜頭綱八餅茶。公自注尚書學士得賜頭綱龍茶一斤今年綱到最遲

夢繞吳山卻月廊。白梅盧橘覺猶香。公自注杭州梵天寺有月廊數百間寺中多白楊梅盧橘會稽且作須臾意。從此歸田策最良。

東南此去幾時歸。倦鳥孤飛豈有期。斷送一生消底物。三年光景六篇詩。

吳子野將出家贈以扇山枕屏

峨峨扇中山。絕壁信天剖。誰知大圓鏡。衡霍入戶牖。得之老月師。畫者一醉叟。常疑若人胸。自有雲夢藪。千巖

在掌握。用捨彈指久。低昂不自知。恨寄兒女手。短屏雖曲折。高枕謝奔走。出家非今日。法水洗無垢。浮遊雲釋嶠。宴坐柳生肘。忘懷紫翠間。相與到白首。

楞嚴經六根圓通明照無二含十方界立大圓鏡後漢馬援傳何能臥牀上在兒女子手中耶韓退之詩釋嶠孤雲縱莊子至樂篇支離叔與滑介叔觀於冥伯之丘崐崘之虛黃帝之所休俄而柳生其左肘

東府雨中別子由

庭下梧桐樹。三年三見汝。前年適汝陰。見汝鳴秋雨。去年秋雨時。我自廣陵歸。今年中山去。白首歸無期。客去莫歎息。主人亦是客。對牀定悠悠。夜雨空蕭瑟。起折梧桐枝。贈汝千里行。歸來知健否。莫忘此時情。

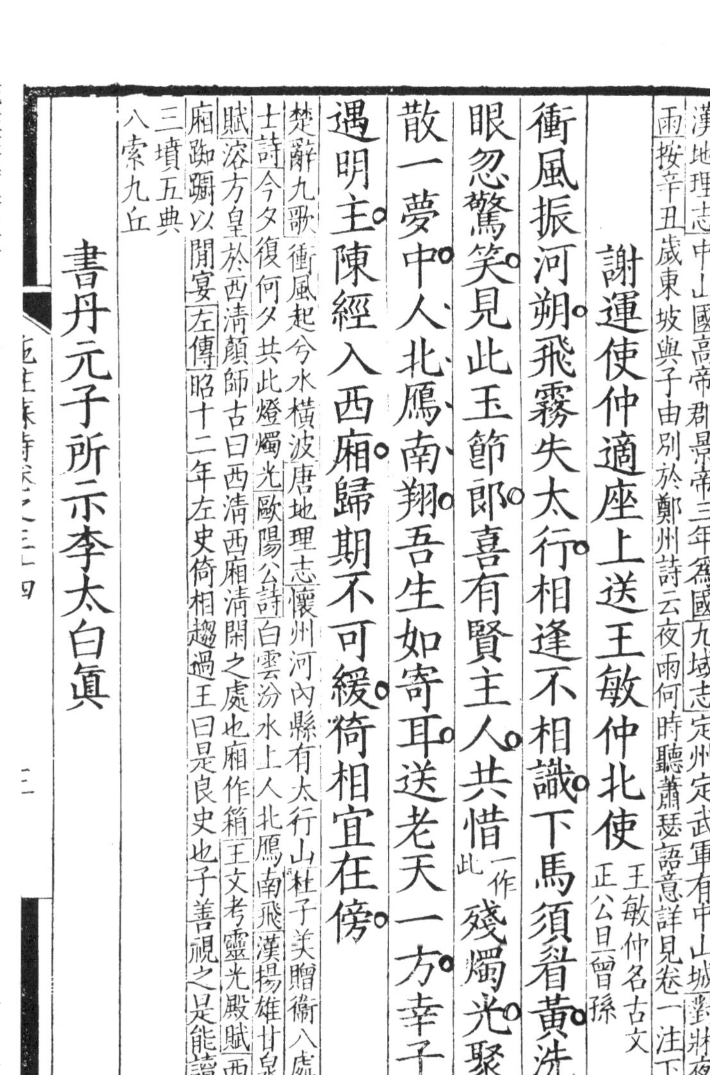

漢地理志中山國高帝郡景帝三年爲國九域志定州定武軍有中山城對牀夜雨按辛丑歲東坡與子由别於鄭州詩云夜雨何時聽蕭瑟語意詳見卷一注下

謝運使仲適座上送王敏仲北使 王敏仲名古文正公旦曾孫

衝風振河朔。飛霧失太行。相逢不相識。下馬須眉黄。洗眼忽驚笑。見此玉節郎。喜有賢主人。共惜一作此殘燭光。聚散一夢中。人北鴈南翔。吾生如寄耳。送老天一方。幸子遇明主。陳經入西廂。歸期不可緩。猗相宜在傍。

楚辭九歌衝風起兮水横波唐地理志懷州河内縣有太行山杜子美贈衛八處士詩今夕復何夕共此燈燭光歐陽公詩白雲汾水上人北鴈南飛漢揚雄甘泉賦溶方皇於西清顔師古曰西清西廂清閑之處也廂作箱王文考靈光殿賦西廂踟躕以閒宴左傳昭十二年左史倚相趨過王曰是良史也子善視之是能讀三墳五典八索九丘

書丹元子所示李太白眞

天人幾何同一漚。謫仙非謫乃其游。麾斥八極隘九州。化爲兩鳥鳴相酬。一鳴一止三千秋。開元有道爲少留。縻之不可矧肯求。西望太白橫峨岷。眼高四海空無人。大兒汾陽中令君。小兒天台坐忘身。平生不識高將軍。手汚吾足乃敢瞋。作詩一笑君應聞。

莊子田子方夫至人者上闚青天下潛黃泉揮斥八極神氣不變曹子建七啟似若狹六合而隘九州韓退之雙鳥詩天公怪兩鳥各捉一處囚還當三千秋更起鳴相酬李白蜀道難歌西當太白有鳥道可以橫絕峨眉巔李白傳初遊并州見郭子儀奇之子儀嘗犯法白爲救免及白坐永王璘當誅子儀請解官以贖子儀爲中書令汾陽王大鵬賦序昔於江陵見天台司馬子微謂予有仙風道骨可與神遊八極之表子微坐忘論序敬尋經旨與心事相應者著坐忘安心之法略成七條以爲修道階次李白傳嘗侍玄宗飲醉使高力士脫韈力士素貴恥之摘其樂府以激楊妃帝欲官白妃輒沮止

次韻曾仲錫承議食蜜漬生荔支

曾仲錫溫陵人時爲定武倅

代北寒虀擣韭萍。奇苞零落似晨星。逢鹽久已成枯腊。得蜜猶應（一作疑）是薄刑。欲就左慈求拄杖。便隨李白跨滄溟。攀條與立新名字。兒女稱呼恐不經。公自注：俗有十八娘荔枝

蔡君謨荔支譜：紅鹽者以鹽梅浸佛桑花爲紅漿投荔支漬之曝乾色紅而甘酸蜜煎者剝生荔支笮去其漿然後蜜煎煮之 漢楊王孫傳：鬱爲枯腊 神仙傳：孫討逆怒左慈使行於馬前欲自後刺之慈著木屐拄竹杖徐行討逆鞭馬逐之終不能及再見

大行太皇太后高氏挽辭二首

至矣吾三后。功高漢已還。復推元祐冠。蓋得永昭全。公自注：嘗於經筵論奏仁宗皇帝謚曰明孝若明而不仁則民畏而不愛仁而不明則民愛而不畏今大行太皇太后亦兼此二德故天下思慕庶幾於仁宗也

有作猶非聖。無私乃是天。侍臣談要道。家法信家傳。公自注：宰相以下嘗於經筵論奏祖宗以來家法十餘事書於記注

三后真宗后章憲明肅劉氏仁宗后慈聖光憲曹氏英宗后宣仁聖烈高氏皆嘗垂簾聽政

卻狄安諸夏。先王社稷臣。固應祠百世。何止活千人。定策天知我。忘家帝念親。萬方何以報。得疾爲勤民

社稷臣謂楚王高瓊景德契丹之役羣臣皆欲避狄獨萊公寇準不可武臣中惟瓊與萊公意同公既爭之力上曰卿文臣豈獨盡用兵之利害公曰請召高瓊既至乃言避狄爲便公大驚以瓊爲悔也既而徐言避狄固爲安全但恐扈駕之士中路逃亡無與俱西南者耳上大驚始決北征之策宣仁后瓊曾孫也後漢和熹鄧皇后紀叔父陔言活千人者子孫有封兄訓爲謁者使修石臼河歲活千人天道可信家必蒙福后訓女也漢霍光傳定萬世策以安社稷言太皇太后定立元祐天子之策

再和曾仲錫荔支

柳花著水萬浮萍。荔實周天兩歲星。公自注柳至易成飛絮落水中經宿即爲浮萍荔支難長至二十四五年乃實本自玉肌非鵠浴。至今丹殼似猩刑。侍郎賦詠

窮三峽。妃子煙塵動四濵。莫遣詩人說功過。且隨香草附騷經。

莊子天運篇鵠不日浴而白烏不日黔而黑華陽國志永昌郡有猩猩其血可染朱罽唐白樂天爲忠州刺史有題郡中荔支詩重寄荔支與楊使君詩種荔支詩荔支樓對酒詩樂天入爲刑部侍郎九域志忠州隸夔州路三峽山在夔州唐書楊貴妃嗜生荔支乃置騎傳送味未變已至京師杜牧過華清宮詩一騎紅塵妃子笑無人知是荔支來楚辭離騷經序離騷之文依詩取興引類譬諭故善鳥香草以配忠貞惡禽臭物以比讒佞

次韻滕大夫三首 滕大夫名興公海陵人時爲定武倅

雪浪石

太行西來萬馬屯。勢與岱嶽爭雄尊。飛狐上黨天下脊。半掩落日先黃昏。削成山東二百郡。氣壓代北三家村。千峰石卷矗牙帳。崩崖鑿斷開土門。揭來城下作飛石。

一礉驚落天驕魂承平百年烽燧冷此物僵臥枯榆根
畫師爭摹雪浪勢天工不見雷斧痕離堆四面繞江水
坐無蜀士誰與論老翁兒戲作飛雨把酒坐看珠跳盆
此身自幻孰非夢故國山水聊心存

唐文粹鄭亞會昌一品集序云上黨居天下之脊當河朔之喉史記張儀傳席卷常山之嶮必折天下之脊山經太華之山削成而四方王注古所謂山東乃今之河北晉地是也杜牧云山東王不得不王霸不得不霸指今之河北謂之山東蓋太行山之東也山東二百郡正謂太行以東冀州之域矣杜子美河北入朝絕句澶漫山東一百州削成如桉抱青丘國史補雷州多雷秋冬伏地中人取得雷斧雷墨可以爲藥用漢溝洫志蜀守李冰鑿離堆避沫水之害穿三江成都中韓退之盆池詩老翁眞箇似童兒汲井埋盆作小池白樂天三遊洞序水石相薄磷磷鑿鑿跳珠濺玉驚動耳目

同前

我頃三章乞越州欲尋萬壑看交流且憑造物開山骨

已見天吳出浪頭。公自注石中似有海獸形狀履道鑿池雖可致玉川卷地若爲收。洛陽泉石今誰主。莫學癡人李與牛。

山海經天吳水神也八首十尾唐白居易傳東都所居履道里疏沼種樹構石樓香山鑿八節灘盧仝詩我縱有神力爭敢將公歸揚州惡百姓疑我卷地皮賈氏談錄贊皇公平泉莊周回四十里天下奇花異草珍松怪石靡不畢致今悉以絶矣怪石名品甚衆各爲洛陽大族有力者取去李衛公平泉花木記及詩序云後世以一花一石移於它處者非李氏子孫德裕初封贊皇伯後封衛國公唐牛僧孺傳治第洛之歸仁里多致嘉石美木白樂天石記云公嗜石以甲乙丙丁爲品第

沉香石

壁立孤峰倚硯長。共疑沉水得頑蒼。欲隨楚客紉蘭佩。誰信吳兒是木腸。山下曾逢化松石。玉中還有辟邪香。早知百和俱灰燼。未信人言弱勝剛。

唐本草注沉水香出天竺單于二國樹葉似橘經冬不凋本似櫸柳重實黑色沉水者是吳兒木腸用賈充吳兒木人石心語出晉書夏統傳已見錄異記婺州永

康山有枯松因斷墮水化爲石枝幹及皮與松無異〔笠澤叢書〕東陽多名山金華永康之地中饒古松往往化而爲石〔杜陽雜編〕自漢至唐公主下降乘七寶步輦四面綴五色玉香囊囊中貯辟邪瑞麟香皆異國所獻也唐肅宗以香玉辟邪賜李輔國其香可聞數里〔老子〕柔之勝剛弱之勝彊

石芝 幷引

予嘗夢食石芝、作詩記之、今乃眞得石芝於海上、子由和前詩見寄、予頃在京師、有鑿井得如小兒手以獻者、臂指皆具、膚理若生、予聞之隱者、此肉芝也、與子由烹而食之、追記其事、復次前韻、

土中一掌嬰兒新。爪指良是肌骨勻。見之怖走誰敢食。天賜我爾不及賓。旌陽遠遊同一許。長史玉斧皆門戶。我家韋布三百年。祇有陰功不知數。跪陳八簋加六瑚。

化人視之眞塊蘇肉芝烹熟石芝老。笑唾熊掌嚬雕胡。老蠶作繭何時脫。夢想至人空激烈。古來大藥不可求。眞契當如磁石鐵。

神仙感遇記蘭陵蕭靜之買地葺居掘得一物類人手肥且潤其色微紅烹而食之逾月齒髮再生偶遊鄴都見一道士指其脈曰子之所食者肉芝也神仙傳亦云周易包有魚義不及賓也洪州十二眞君傳許遜字敬之弱冠拜旌陽令晉太康二年八月一日拔宅上昇東晉尚書郎邁護軍長史穆皆族子也眞誥許邁清虛懷道遐棲世外改名遠遊弟謐一名穆外雖泯俗務而內修眞學穆生三男小男名翽字道翔小字玉斧禮記殷之六瑚周之八簋鄭氏云皆黍稷器毛詩於粲灑埽陳饋八簋化人塊蘇出列子詳見二十九卷與葉淳老詩注抱朴子芝有石芝木芝草芝肉芝菌芝名有百許種西京雜記菰之有米者長安謂之雕胡傳燈錄誌公善惡不二頌云聲聞執法坐禪如蠶吐絲自縛呂氏春秋慈石名鐵或引之也大涅槃經譬如磁石去鐵雖遠以其力故鐵則隨著衆生佛性亦復如是華嚴經如好磁石少分之力則能吸壞諸鐵鉤鎖

鶴歎

園中有鶴馴可呼。我欲呼之立坐隅。鶴有難色側睨予。豈欲臆對如鵩乎。我生如寄良畸孤。三尺長脛閣瘦軀。俛啄少許便有餘。何至以身爲子娛。驅之上堂立斯須。投以餠餌視若無。戛然長鳴乃下趨。難進易退我不如。

漢賈誼服賦服乃太息舉首奮翼口不能言請對以臆禮記儒有難進而易退者粥粥若無能也

送曾仲錫通判如京師

邊城歲暮多風雪。强壓春醪與君别。玉帳夜談霜月苦。鐵騎曉出冰河裂。斷蓬飛葉卷黄沙。祇有千林鬖鬆花。應爲王孫朝上國。珠幢玉節與排衙。左援公孝右孟博。我居其閒嘯且諾。僕夫爲我催歸來。要與北海春水爭先回。

唐藝文志有玉帳經年號記又咸通十一年以龐勛盜徐州停貢舉盧尚卿賦詩曰自從玉帳論兵後不許金門諫獵來李華弔古戰場文月色苦兮霜白曾子固云齊地寒甚夜氣如霧凝於木上旦起視之如雪日出飄滿庭階齊人謂之霜淞鬖鬆花疑即此白樂天懷微之詩今日排衙得免無後漢范滂字孟博岑晊字公孝嘯諾注屢見

和錢穆父送别并求頓遞酒

聯鑣接武兩長身。鵷鷺行中語笑親。九子羨君門戶壯。八州憐我往來頻。佇聞東府開賓閣。便乞西湖洗塞塵。更向青齊覓消息。要知從事是何人。

九子穆父之子九人東坡嘗戲之爲九子母丈夫又東坡嘗歷密徐湖登杭穎揚及今定武凡八郡守

劉醜廝詩

劉生望都民。病羸寄空窰。有子曰醜廝。十二行操瓢。播閒得餘粒。雪中拾墮樵。饑飽共生死。水火同焚漂。病翁恃一褐。度此積雪宵。哀哉二暴客。掣去如饑鴟。翁既死於寒。客亦易此齠。崎嶇走亭長。不憚雪徑遥。我仇祝與苑。物色同遮邀。行路爲出涕。二客竟就梟。譊譊訴我庭。慷慨驚吾寮。曰此可名寄。追配郴之蕘。恨我非柳子。擊節爲爾謡。官賜二萬錢。無家可歸嬌。爲媾他日婦。婉然初垂髫。洗沐作小史。裹頭束其腰。筆硯耕學苑。弓一作戈矛戰天驕。壯大隨爾好。忠孝福可徼。相國有折脇。封侯或吹簫。人事豈易料。勿輕此僬僥。

唐地理志定州望都縣莊子盜跖篇操瓢而乞者皆離名輕死不念本養壽命者也周易重門擊柝以待暴客柳子厚童區寄傳童寄者郴州蕘牧兒年十一歲二豪賊劫持反接布囊其口去逾所賣之寄僞兒啼恐慄爲兒恒狀賊易之對飲酒一人去市一人臥植刃道上童以縛背刃力下上得絶因取刃殺之逃未及遠市者還將殺童童遽曰爲兩郎僮孰若爲一郎僮耶市者善之持童愈束縛牢甚夜半童以縛即爐火燒絶之復取刃殺市者因大號一虛皆驚吏白州州白大府刺史顏証奇之留爲小史不肎與之衣裳護還之鄉史記范睢傳魏齊笞擊睢折脅摺齒睢佯死得出後遂相秦漢周勃傳常以吹簫給喪事後從高祖封絳侯列子湯問篇從中州以東四十萬里得僬僥國人長一尺五寸

題毛女眞

霧鬢風鬟木葉衣。山川良是昔人非。祇應閑過商顏老。獨自吹簫月下歸。

異聞集洞庭靈姻傳柳毅見龍女風鬟霧鬢商顏老商山四皓也

寄餾合刷餅與子由此詩眞迹臨川□揆嘗刻於婺倅聽事公自題其尾云元祐八年十二月二十

五日醉睡中作

老人心事日摧頹。宿火通紅手自焙。小甑短餅良具足。穉兒嬌女共燔煨。寄君東閣閑烝粟。知我空堂坐畫灰。約束家僮好收拾。故山梨棗待翁來。

次韻子由清汶老龍珠丹

天公不解防癡龍。玉函寶方出龍宮。雷霆下索無處避。逃入先生衣袂中。先生不作金椎袖。玩世徜徉隱屠酒。夜光明月空自投。一鍛何勞緯蕭手。黃門寡好心易足。荊棘不生梨棗熟。玄珠白璧兩無求。無脛金丹來入腹。區區分別笑樂天。那知空門不是仙。

劉慶忌幽明錄洛下一洞穴深不可測有人墮穴中良久方甦旁得一穴入見郭臺樹悉以金瑰爲飾人皆長三丈因告哀求去長人引令過九處最後所至苦饑餒指中庭柏樹下一羊令跪捋羊鬚初得一珠長人取之次捋一珠亦取之後得一珠令噉甚得療饑因問九處名荅曰還問張華可知其人復隨穴而出至交州七八年間方歸終南詣華問之華曰是崑崙下地仙九館羊名爲癡龍初一珠食之與天地等壽第二珠食之可以延年第三珠充饑而已酉陽雜俎孫思邈常隱居終南山時大旱西域僧請於昆明池結壇祈雨凡七日縮水數尺池龍化爲老人至思邈石室請救孫謂曰我知昆明池有仙方三十首爾傳與予予將救汝老人曰此方上帝不許妄傳今急矣固無所恡有頃捧方至孫曰爾第還無慮自是池水忽漲數日溢岸胡僧羞恚而死韓退之詩仙官敕六丁雷電下取將僧史僧聞禪師住邵武山中一日有老人謁聞曰我龍也以疲墮行雨不職上天有罰當死賴道力可脫俄失所在聞視坐榻傍有小蛇尺許延緣入袖中屈蟠暮夜風雷挾坐榻電激雨射山岳爲搖而聞危坐不顧達旦晴霽垂袖蛇墮地而去史記魏信陵君傳侯生謂公子曰臣所過屠者朱亥此子賢者世莫能知故隱屠閒耳又公子矯魏王令代晉鄙晉鄙疑之朱亥袖四十斤鐵椎椎殺晉鄙公子遂將晉鄙軍莊子列禦寇河上有家貧恃緯蕭而食者其子沒於淵得千金之珠其父謂其子曰取石來鍛之唐百官志門下侍郎龍朔二年改黃門侍郎按子由時爲門下侍郎靈樞經扁鵲註曰化靈爲姹女之胞十月分胎狀如紫金上赤下黑左青右白其中央黃號曰紫金丹白樂天詩吾學空門不學仙恐君此語是虛傳海山不是吾歸處歸則須歸兜率天互見七卷竹閣詩注

次韻子由書清汶老所傳秦湘二女圖 韓退之詩秦地吹簫女湘波鼓瑟妃

春風消冰失瑤玉我本無身安有觸羊生得婦如得風握手一笑未爲辱先生室中無天遊佩環何處鳴風甌隨魔未必皆魔女但與分燈遣歸去胡爲寫眞傳世人更要維摩一轉語丹元茅茨祇三間太極老人時往還點檢凡心早除拂方平神鞭常使物

眞誥楊君自記論云紫微王夫人見降與一神女俱來曰此九華眞妃也眞妃曰聞君德音甚久不期今日得敍因緣歡願於冥運之會依然有絲羅之纏矣夫人旣去眞妃小留而言曰冥情未攄意氣未忘明日當復來乃取某手執之而自下牀未出戶之間忽然不見陶隱居注萼綠華詩云此是降羊權乃云楊君所書者當以其姓同音耳趙飛燕外傳帝於太液池作千人之舟后歌歸風送遠之曲帝以文犀簪擊玉甌倚后歌互見十一卷登常山絕頂詩注分燈用維摩經無盡燈

事詳見前卷裴鉶傳奇元和中元徹柳實艤舟合浦岸漂入大海抵孤島見玉虛尊師與南詁夫人會二子拜謁求返尊師曰子歸不難子宿分自有師夫人命侍女送二子馭百花橋而歸二子問吾師是誰云是南嶽太極先生既達昔維舟處回視無橋矣二子後共尋雲水偶雪中見老叟負樵擔上有刻太極字遂禮爲師隨詣祝融不復出云方平鞭屢見

史記封禪書李少君能使物卻老

紫團參寄王定國

谽谺土門口。突兀太行頂。豈惟團紫雲。實自俯倒景。剛風被草木。眞氣入苕穎。舊聞人銜芝。生此羊腸嶺。纖纖虎豹鬣。蹙縮龍蛇癭。蠶頭試小嚼。龜息變方騁。矧予明眞子。已造浮玉境。清宵月挂戶。半夜珠落井。灰心寧復然。汗喘久已靜。東坡猶故目。北藥致遺秉。欲持三椏根。往侑九轉鼎。爲予置齒頰。豈不賢酒茗。

本草補注人參潞州太行山所出謂之紫團參文選注倒景氣去地四千里其景皆倒在下再見抱朴子鵶鳶展翅不動去地四千里風力猛壯所以可驗有剛風世界陸士衡文賦或苕發穎豎離衆絕致本草人參一名人銜漢地理志上黨壺關縣有羊腸阪定命錄袁天綱與李嶠同寢嶠息自耳中起曰是龜息也龜息貴壽而不富王注珠落井以言嚥納也黃庭外景經抱珠懷玉和子室注云珠玉謂津液室謂身令人煉津液以和一身也圖經本草相傳欲試人參者當使二人同走一與人參含之一不與度走三五里許其不含人參者必大喘含者氣息自如毛詩彼有遺秉本草高麗人作人參贊曰三椏五葉背陽向陰欲來求我椴樹相尋神仙傳仙方有九品其七名九轉霜雪之丹

次韻劉燾撫勾蜜漬荔支 劉燾字無言長興人

時新滿座聞名字。別久何人記色香。葉似楊梅烝霧雨。花如盧橘傲風霜。每憐蓴菜下鹽豉。肎與蒲萄壓酒漿。回首驚塵卷飛雪。詩情眞合與君嘗。

舊唐書白居易在南賓郡爲荔支圖寄朝中親友各記其狀曰荔支若離本枝一日而色變二日而香變三日而味變四五日外色香味盡去矣北夢瑣言薛能以

文章自負累出戎鎮嘗鬱鬱歎惜因有詩謝淮南寄茶云麤官乞與眞抛卻賴有詩情合得嘗

立春日小集戲一作呈李端叔

李端叔名之儀其先景城人後居當塗舉進士力學善屬文爲東坡所知元祐八年九月坡出帥中山辟掌機宜文字是時時事將變端叔策知其然相與反覆論議先生是之曰自是相從之日益難得期與子游戲於文詞翰墨以寓其樂蜀人孫敏行子發亦辟在幕府而勝興公曾仲錫爲倅五人相得甚懽明年五月先生遂謫嶺南端叔後歷樞密院編修官通判原州元符中監內香藥庫御史論爲東坡客不可任京官詔停廢徽宗初提舉河東常平范忠宣公將薨以意授端叔作遺表未幾蔡京當國謂忠宣之子正平與端叔矯撰皆逮入御史府由是得皐貶廢終朝請大夫有姑溪前後集七十卷孫子發仕止奉直大夫

白髮已十載。青春無一堪。不驚新歲換。聊與故人談。牛健民聲喜。鴉嬌雪意酣。霏微不到地。和暖要宜蠶。歲月斜川似。風流曲水慚。行吟老燕代。坐睡夢江潭。丞掾頗

施註蘇詩卷三十四 十二

哀援。去聲歌呼誰怕㕘。衰懷久灰槁。習氣尚饞貪。白啖本河朔紅消真劍南。辛盤得青韭。臘酒是黃柑。歸臥燈殘帳。醒聞葉打菴。須煩李居士。重說後三三。

陶淵明有遊斜川詩序再見酈道元水經注宋元嘉十一年以舊樂遊苑地爲曲水武帝引流傳觴會者賦詩王注白啖荔枝名紅消黎名一本作熊白來河北豬紅削劍南按荔枝不應言河朔別本熊白爲是延一廣清凉傳無著禪師遊五臺山問一僧云此處衆有幾何答曰前三三後三三又詳本卷贈清凉寺和長老詩注顧禧云此詩方敘燕遊而遽用後三三語讀者往往不知所謂蓋端叔在定武幙中特悅營妓董九者故用九數以爲戲爾聞其說於强行父云

次韻曾仲錫元日見寄

蕭索東風兩鬢華。年年幡勝翦宮花。愁聞塞曲吹蘆管。喜見春盤得蓼芽。吾國舊供雲澤米。公自注定武齋酒用蘇州米君家新致雪坑茶。公自注近得曾坑茶燕南異事真堪紀。三寸黃甘擘永嘉。

杜子美卽事詩一雙白魚不受釣三寸黄甘猶自靑按溫州永嘉郡歲貢黄甘

子由生日以檀香觀音像及新合印香銀篆槃爲壽一首

旃檀婆律海外芬。西山老脐柏所薰。香螺脱黶來相羣。能結縹緲風中雲。一燈如螢起微焚。何時度盡繆篆紋。繚繞無窮合復分。緜緜浮空散氤氳。東坡持是壽卯君。君少與我師皇墳。旁資老聃釋迦文。共厄中年點蠅蚊。晚遇斯須何足云。君方論道承華勛。我亦旗鼓嚴中軍。國恩未報敢不勤。但願不爲世所醺。爾來白髮不可耘。問君何時返鄉枌。收拾散亡理放紛。此心實與香俱焄。

聞思大士應已聞

南史西南蠻傳狼牙修國在南海中多棧沉婆律等香酉陽雜俎一木五香根旃檀節沉香花雞舌葉藿膠薰陸又龍腦香出婆利國有婆律樹高八九丈瘦者出龍腦香肥者出婆律香唐本草麝生益州形似麞常食柏葉水麝臍其香九美又甲香海螺之掩也可聚香使不散雜衆香燒之使益芳獨燒則臭香譜蠡頭生雲南者取壓薰燒灰合香多用謂能發香復來香煙晉衞恒傳繆篆所以摹印也香譜香篆鏤木爲篆文範以香塵卯君子由以巳卯生故云韓退之贈張祕書詩方今向太平元凱承華勛漢韓信傳建大將旗鼓按公自言帥定州也楞嚴經觀世音菩薩由聞思修入三摩地

次韻李端叔送保倅翟安常赴闕兼寄子由

中山保塞兩窮邊臥治雍容已百年顧我迂愚分竹使與君談笑用蒲鞭松荒三徑思元亮草合平池憶惠連

南史謝惠連傳族兄靈運嘗詩思竟日不就忽夢見惠連卽得池塘生春草大以爲工

白髮歸心憑說與古來誰似兩疏賢

中山松醪寄雄守王引進

鬱鬱蒼髯千歲姿。肎來杯酒作兒嬉。流芳不待龜巢葉。公自注唐人以荷葉爲酒盃謂之碧筩酒掃白聊煩鶴踏枝。醉裏便成欹雪舞。醒時與作嘯風辭。馬軍走送非無意。玉帳人閑合有詩。杜子美謝中丞乳酒詩鳴鞭走送憐漁父洗盞開嘗對馬軍

次韻李端叔謝送牛戩鴛鴦竹石圖

聞君談西戎。廢食忘早晚。王師本不陳。賊壘何足剗。守邊在得士。此語要而簡。知君論將口。似予識畫眼。笑指塵壁閒。此是老牛戩。平生師衞玠。非意嘗理遣。愬君定何人。未用市朝顯。置之勿復道。世俗固多舛。歸去亦何

須單車度殽澠。如虫得羽化。已脫安用繭。家書空萬軸。涼曝困舒卷。念當掃長物。閉息默自煖。此畫聊付君。幽處得小展。新詩勿縱筆。羣吠驚邑犬。時來未可知。妙斲待輪扁。

穀梁傳善師者不陳善陳者不戰劉道醇聖宋名畫評道士牛戩字受禧河內人善畫花竹翎毛尤長破毛之禽泊寒雉野鶻每飲酒肆閒或飲一斗然後畫片紙以貿之至醒必購之遂毀畫而去柳子厚答韋中立書屈子賦曰邑犬羣吠吠所怪也僕往聞庸蜀之南常雨少日日出則犬吠僕來南二年冬幸大雪數州之犬皆蒼黃吠噬今韓愈既自以爲蜀之日而吾子又欲使吾爲越之雪不以病乎莊子天道篇輪扁斲輪於堂下得之於手應之於心

次韻聰上人見寄 聰事見本卷三絕句呈聞復詩注

前身本同社。宿業獨臨邊。一悟鏡空老。始知圓澤賢。歸心忘犢佩。生術寄羊鞭。不似歐陽子。空畱六一泉。

異聞實錄元和初齊君房遊錢塘有胡僧探囊出一棗大如拳曰食之者知過去未來事君房啖之頃刻乃悟前生講法華于同德寺是夕君房至靈隱寺翦髮具戒法名鏡空纂異記亦云圓澤與李源事屢見先生六一泉銘序歐陽文忠公將老自謂六一居士予昔通守錢塘見公於汝陰而南公曰西湖僧惠勤甚文而長於詩予到官三日見勤於孤山之下抵掌而論人物曰公天人也此邦之人以公不一來爲恨公麾斥八極何所不至雖江山之勝莫適爲主而奇麗秀絶之氣常爲能文者用故吾謂西湖蓋公几案閒一物耳明年公薨予哭於勤舍又十八年余爲杭州則勤亦化去訪其舊居則弟子二仲在焉畫公與勤之像事之如生舍下舊無泉予未至數月泉出講堂之後孤山之趾乃取勤舊語推本其意名之曰六一泉互見四卷臘日遊孤山詩注

次韻王雄州還朝留别

老李威名八十年。壁閒精悍見遺顔。自聞出守風流似。稍覺承平氣象還。但遣詩人歌杕杜。不妨侍女唱陽關。内朝接武知何日。白髮羞歸供奉班。

王注老李指言李允則也先生作詩在元祐八年逆數八十年則眞宗時也景德二年正月眞宗以契丹初和易置守將名樞宰議可適用者首選公知雄州御筆

置名於紙公在雄凡十四年事見李復圭所作李氏家傳

三月二十日多葉杏盛開

零露泫月蘂。溫風散晴葩。春一作天工了不睡。連夜開此花。芳心誰剪刻。天質自清華。惱客香有無。弄粧影橫斜。中山古戰國。殺氣浮高牙。叢臺餘袨服。易水雄悲笳。自從此花開。玉肌洗塵沙。坐令遊俠窟。化作溫柔家。我老念江海。不飲空咨嗟。明年花開時。舉酒望三巴。公自注欲請梓州而歸

漢鄒陽傳全趙之時武力鼎士袨服叢臺之下者一旦成市而不能止幽王之湛患顏師古曰叢臺趙王之臺也在邯鄲史記刺客傳燕太子丹送荊軻易水之上高漸離擊筑荊軻和而歌曰風蕭蕭兮易水寒壯士一去兮不復還皆垂涕而泣三巴記閬水東南流曲折三曲如巴字華陽國志武王克商封其子宗姬於巴至漢益州牧劉璋以墊口以上爲巴郡以固陵爲巴東永寧爲巴西是爲三巴

三月二十日開園三首

雪髯霜鬢語傖獰。澹蕩園林取次行。要識將軍不凡意。從來祇啜小人羹。公自注是日散父老酒食

左傳隱元年潁考叔曰小人有母皆嘗小人之食矣未嘗君之羹

西園牡籥夜沈沈。尚有游人臥柳陰。鶴睡覺時風露下。落花飛絮滿衣襟。

漢五行志章城門牡自亡師古曰牡所以下閉者也亦以鐵爲之

鬱鬱蒼髯眞道友。絲絲紅蕚是鄉人。公自注蒼髯松也紅蕚海棠也何時翠竹江村路。送我柴門月色新。

杜子美南隣詩白沙翠竹江村暮相對柴門月色新

次韻王雄州送侍其涇州

威聲又數中（去聲）興年。二鹵行當一矢聯。聞道名城得眞將。故應驚羽落空弦。追鋒歸去雄三衛。授鉞重來定十連。別酒回頭便陳迹。號吺端合發初筵。

杜子美喜達行在所詩今朝漢社稷重數中興年漢周亞夫傳文帝曰此眞將軍矣晉宣帝紀魏帝詔帝乘追鋒車晝夜兼行四百餘里一宿而至晉職官志文帝初置中衛將軍武帝分左右衛唐李密傳以蔭爲左親衛大都督宇文述曰君世素貴當以才學顯何事三衛間哉淮南子凡命將主親授鉞曰從此上至天將軍制之禮記十國爲連連有帥詩大雅賓之初筵溫溫其恭賓既醉止載號載吺

臨城道中作（并引）

予初赴中山連日風埃未嘗了了見太行也今將適嶺表頗以是爲恨過臨城內丘天氣忽清徹西

望太行草木可數岡巒北走崖谷秀傑忽悟歎曰吾南遷其速返乎退之衡山之祥也書以付邁使志之

逐客何人著眼看。太行千里送征鞍。未應愚谷能畱柳。可獨衡山解識韓。韓退之謁衡嶽廟詩我來正逢秋雨節陰氣晦昧無清風潛心默禱若有應豈非正直能感通須臾靜掃衆峰出仰見突兀撐青空

過湯陰市得豌豆大麥粥示三兒子

朔野方赤地。河壖但黄塵。秋霖暗豆莢。一作漆夏旱臞麥人。逆旅唱晨粥。行庖得時珍。青斑照七箸。脆響鳴牙齦。玉食謝故吏。風飡便逐臣。漂零竟何適。浩蕩寄此身。爭勸

加餐食實無負吏民何當萬里客歸及三年新漢晁錯傳居太上廟堧中注云堧者内垣之外游地也本草小麥人作麵第三磨者良爲近麩也蓋麥之心曰人樂府古辭上有加餐食下有長相憶左傳成十年曰不食新矣杜預注言不得食新麥也

子由新修汝州龍興寺吳畫壁韻語陽秋汝州龍興寺吳道子畫兩壁一壁作維摩示疾文殊來問天女散花一壁作太子遊四門釋迦降魔筆法奇絕子由曾施百縑

丹青久衰工不藝人物尤難到今世每摹市井作公卿畫手懸知是徒隸吳生已與不傳死那復典刑畱近歲人間幾處變西方盡一作畫作波濤翻海勢細觀手面分轉側妙算毫釐得天契始知眞放本精微不比狂花生客慧似聞遺墨畱汝海古壁蝸涎可垂涕力捐金帛扶棟

宇錯落浮雲卷新霽使君坐歗清夢餘幾疊衣紋數衿袂他年弔古知有人姓名聊記東坡弟

莊子天道篇古之人與其不可傳者死矣汝州爲陸海軍

過高郵寄孫君孚

孫君孚名叔高郵人哲宗立爲監察御史朝廷更法度逐姦邪君孚多所建明擢中書舍人直學士院以集賢院學士知應天府紹聖初削職守房歸二州貶汀州卒

過淮風氣清一洗塵埃容水木漸幽茂菰蒲雜游龍可憐夜合花青枝散紅茸美人遊不歸一笑當誰供故園在何處已偃手種松我行忽失路歸夢千山重聞君有負郭二頃收橫從卷野畢秋穫殷牀聞夜舂樂哉何所憂社酒粥面醲官游豈不好毋令到千鍾

詩國風隰有游龍注云游龍紅草也史記蘇秦傳使我有雒陽負郭田二頃吾豈能佩六國相印乎詩國風橫從其畝杜子美詩梵放時出寺鍾殘仍殷牀

僕所至未嘗出遊過長蘆聞復禪師病甚不可不一問既見則有間矣明日阻風復留見之作三絕句呈聞復并請轉呈於參寥子各賦數首

聞復名思聰先生嘗有敘送其歸孤山曰錢塘僧思聰七歲善彈琴十二捨琴而學書書既工十五捨書而學詩詩有奇語老師宿儒皆敬愛之秦少游取楞嚴文殊語字之曰聞復

亦知壺子不死。敢問老聃所遊。瑟瑟寒松露骨。耽耽病虎垂頭。

莊子應帝王鄭有神巫曰季咸列子與之見壺子出而謂曰子之先生死矣弗活矣明日又與之見出而謂曰子之先生遇我也有瘳矣全然有生矣寓言篇陽子居南之沛老聃西遊於秦又孔子見老聃老聃方新沐曰吾游於物之初

莫言西蜀萬里。且到南華一游。扶病江邊送客。杖挐浦口回頭。南華寺在韶州，乃曹溪道場。莊子漁父篇：漁父杖挐逆立，而夫子曲要磬折，再拜而應。

老去此生一訣。與來明日重遊。臥聞三老白事。半夜南風打頭。古詩話：川峽呼梢工篙手爲三老。故杜子美詩云：長年三老應憐汝。史記滑稽傳：東郭先生拜謁曰：願白事。

六月七日泊金陵阻風得鍾山泉公書寄詩爲謝

今日江頭天色惡。礮車雲起風欲作。獨望鍾山喚寶公。林間白塔如孤鶴。寶公骨冷喚不聞。卻有老泉來喚人。

電眸虎齒霹靂舌。爲予吹散千峰雲。南行萬里亦何事。一酌曹溪知水味。他年若畫蔣山圖。仍一作爲作泉公喚居士。

國史補暴風之候有礮車雲南史隱逸傳釋寶誌於宋太始中出入鍾山往來都邑預言未兆識他心智一日中分身易所遠近驚赴晉王戎傳眼爛爛如巖下電再見穆天子傳西王母如人虎齒善嘯韓退之遣瘧鬼詩詛師毒口牙舌作霹靂飛徐爰釋門略建康北十餘里舊名金山漢末秣陵尉蔣子文討賊戰亡靈發於山因立蔣侯祠故世號曰蔣山搜神幽明錄志怪書亦云

贈清涼寺和長老

代北初辭沒馬塵。江南來見臥雲人。問禪不契前三語。施佛空畱丈六身。老去山林徒夢想。雨餘鐘鼓更清新。會須一洗黃茅瘴。未用深藏白氎巾。

廣淸涼傳大曆中釋無著至五臺山見一寺有童子出延無著問一僧此處衆有幾何答曰前三三後三三無著無對僧曰既不解速須引去童子送出門又問解否答曰不解童子曰金剛背後看師回首寺卽隱無著愴然有偈云言下不知開佛印回頭只見舊山巖後漢西域傳明帝夢金人長大頂有光明以問羣臣或曰西方有神名曰佛其形長丈六尺而黃金色房千里投荒記南方六七月芒茅黃枯時瘴大發土人呼爲黃茅瘴

予前後守倅餘杭凡五年夏秋之間蒸熱不可過獨中和堂東南頫下瞰海門洞視萬里三伏常蕭然也紹聖元年六月舟行赴嶺外熱甚忽憶此處而作是詩

忠孝王家千柱宮。東坡作吏五年中。中和堂上東南頫。獨有人間萬里風。

吳越王錢俶以太平興國三年舉族歸朝卒謚曰忠懿事具國史王注頫字內地常語宮室之房曰頫猶人之頤頫也杜子美夏夜歎安得萬里風飄飄吹我裳

慈湖夾阻風五首

捍索桅竿立嘯空篙師酣寢浪花中故應菅蒯知心腹弱纜能爭萬里風

此生歸路愈茫然無數青山水拍天猶有小船來賣餠喜聞墟落在山前

說文虛大丘也古者九夫爲井四井爲邑四邑爲丘丘謂之虛或從土廣雅落居也

我行都是退之詩眞有人家水半扉千頃桑麻在船底空餘石髮挂魚衣

韓退之宿曾江口詩雲昏水奔流天水漭相圍三江滅無口其誰識涯圻暮宿投民村高處水半扉爾雅釋草薚石衣注水苔也一名石髮

日輪亭午汗珠融誰識南訛長養功暴雨過雲聊一快

未妨明月卻當空。

尚書平秩南訛孔安國曰訛化也掌夏之官平序南方化育之事

臥看落月橫千丈，起喚清風得半帆。且並水村攲側過，人間何處不巉巖。

過廬山下 幷引

予過廬山下，雲物騰湧，默有禱焉。未午，衆峰凜然，故作是詩。

亂雲欲霾山，勢與飄風南。羣隮相應和，勇往爭驂驔。可憐薈蔚中，時出紫翠嵐。鴈沒失東嶺，龍騰見西龕。一時供坐笑，百態變立談。暴雨破坱圠，清飈掃渾酣。廓然歸何處。陋矣安足戡。亭亭紫霄峰。窈窈白石菴。五老數松雪。雙溪落天潭。雖云默禱應。顧有移文慙。

詩國風薈兮蔚兮南山朝隮漢賈誼傳大鈞播物坱圠無垠注坱塵也圠山曲也廬山記山南簡寂觀白雲峰其間一峰獨出而秀卓名曰紫霄峰又山南楞伽院舊名下白石證道院舊名上白石又棲賢寺東北有五老峰廬山之勝此爲最焉默禱韓退之事移文孔稚圭事竝已見

施註蘇詩卷之三十四

施註蘇詩卷之三十五

漫堂先生宋　犖
樸園先生張榕端　閱定

長洲顧嗣立
毗陵邵長蘅　刪補
商丘宋　至

詩四十五首（起南遷盡在惠州作　施注缺今補）

壺中九華詩（一統志九華山在青陽縣舊名九子山李白謂九峯似蓮花乃更今名）

湖口人李正臣蓄異石九峯玲瓏宛轉若牕櫺然予欲以百金買之與仇池石爲偶方南遷未暇也名之曰壺中九華且以詩記之

清溪電轉失雲峯。夢裏猶驚翠掃空。五嶺莫愁千嶂外九華今在一壺中。天池水落層層見。玉女牕明處處通。念我仇池太孤絕。百金歸買碧玲瓏。

裴氏廣州記大庾始安臨賀桂陽揭陽是謂五嶺壺中用費長房事詳第八卷刁景純席上詩注莊子逍遥遊南溟者天池也又按青城廬山皖山所在皆有天池詩特借言耳王文考魯靈光殿賦玉女闚牕而下視

江西一首

江西山水真吾邦。白沙翠竹石底江。舟行十里磨九瀧。篙聲犖确相舂撞。醉臥欲醒聞淙淙。真欲一口吸老龐。何人得儁窺魚矼。舉叉絕叫尺鯉雙。

杜子美詩白沙翠竹江村暮柳宗元小石潭記下見小潭水尤清冽泉石以爲底地志韶州昌樂縣有瀧水說文瀧奔水也韓退之詩山石犖确行逕微又詩船石相舂撞傳燈錄龐居士藴參馬祖云不與萬法爲侶者是什麼人祖云待汝一口吸盡西江水即向汝道左傳莊十一年得儁曰克韓退之叉魚詩得儁語時囂鬪

雅石矼謂之碙古樂府客從遠方來贈我雙鯉魚

秧馬歌 幷引

過盧陵見宣德郎致仕曾君安止出所作禾譜文既溫雅事亦詳實惜其有所缺不譜農器也予昔遊武昌見農夫皆騎秧馬以榆棗爲腹欲其滑以楸桐爲背欲其輕腹如小舟昂其首尾背如覆瓦以便兩髀雀躍於泥中繫束藁其首以縛秧日行千畦較之傴僂而作者勞佚相絕矣史記禹乘四載泥行乘橇解者曰橇形如箕擿行泥上豈秧馬之類乎作秧馬歌一首附于禾譜之末云

春雲濛濛雨凄凄春秧欲老翠刴齊。嗟我婦子行水泥
朝分一壠暮千畦。腰如箜篌首啄雞。筋煩骨殆聲酸嘶。
我有桐馬手自提。頭尻軒昂腹脇低。背如覆瓦去角圭。
以我兩足爲四蹏。聳踊滑汰入聲如鳧鷖。纖纖束藁亦可
齎。何用繁纓與月題。卻從畦東走畦西。山城欲閉聞鼓
鼙。忽作的盧躍檀溪。歸來挂壁從高棲。了無芻秣飢不
啼。少壯騎汝逮老黧。何曾蹶軼防顛隮。一作擠錦韉公子朝
金閨。笑我一生蹋牛犂。不知自有木駃騠。

杜子美稻畦詩芊芊烱翠羽刴刴向銀漢箜篌見首卷壬寅寄子由詩注按箜篌似箏而腰曲故以爲比韓退之詩磨淬出角圭古樂府解題有兩頭纖纖詩晉載記童謠曰一束藁兩頭燃周禮王之五路一曰玉路錫繁纓註疏繁馬大帶纓馬鞍也月題字出莊子馬額上當顱如月形者的盧劉備事詳見十二卷和子由同

遊百步洪詩注又水經注檀溪今有的盧溪尚書微子今爾無指告予顛隮江文通別賦金閨之諸彥注金馬門也杜子美詩李侯金閨彥駃騠字見漢書匈奴傳注俊馬也生七日而超其母

八月七日初入贛過惶恐灘

七千里外二毛人。十八灘頭一葉身。山憶喜懽勞遠夢。地名惶恐泣孤臣。公自注蜀道有錯喜歡鋪在大散關上長風送客添帆腹。積雨浮一作扶舟減石鱗。便合與官充水手。此生何止略知津。

一統志贛州府城北章貢二水所合抵萬安縣界有十八灘惶恐其一也中多怪石最險

鬱孤臺

公自注以下四首皆虔州

八境見圖畫。鬱孤如舊游。山為翠浪湧。水作玉虹流。日麗崆峒曉。風酣章貢秋。丹青未變葉。鱗甲欲生洲。嵐氣

昏城樹灘聲入市樓煙雲侵嶺路草木半炎州故國千峰外高臺十日畱他年三宿處準擬繫歸舟

八景圖詩見十三卷一統志崆峒山在贛州郡城南後凡言崆峒者指此非隴州之崆峒也水經注劉登之曰贛縣東南有章水西有貢水縣治二水之間因以名焉楚辭遠遊嘉南州之炎德韓退之詩南逾橫嶺入炎州或作洲三宿用內典語又浮屠不三宿桑下出後漢襄楷傳詳見二十卷別黃州詩注

廉泉

水性故自清不清或撓之君看此廉泉五色爛摩尼廉者謂我廉我以此名爲有廉則有貪有慧則有癡誰爲柳宗元孰是吳隱之漁父足豈潔許由耳何淄紛然立名字此水了不知毀譽有時盡不知無盡時朅來廉泉上捋鬚看鬢眉好在水中人到處相娛嬉

圓覺經譬如清淨摩尼寶珠映於五色隨方各現杜詩惟有摩尼珠可照濁水源再見愚溪貪泉洗耳並已見先生汎潁詩云豈此水薄相與我相娛嬉

塵外亭

楚山澹無塵。赬水清可厲。散策塵外遊。麾手謝此世。山高惜人力。十步輒一憩。卻立浮雲端。俯視萬井麗。幽人宴坐處。龍虎爲斬薙。馬駒獨何疑。豈墮山鬼計。夜垣非助我。謬敬欲其逝。戲畱一轉語。千載起攘袂。

幽人以下八句皆指馬祖事傳燈錄六祖謂南嶽曰向去佛法從汝邊去西天般若多羅讖汝足下出一馬駒踏殺天下人厥後江西傳法遂廣布於天下時號馬祖又馬祖始居此山山鬼爲築垣自謂修行不至爲鬼所識乃捨去又洞山直道本來無一物這裏合下得一轉語

天竺寺 并引

予年十二先君自虔州歸謂予言近城山中天竺

寺有樂天親書詩云一山門作兩山門兩寺元從一寺分東澗水流西澗水南山雲起北山雲前臺花發後臺見上界鐘清下界聞遥想吾師行道處天香桂子落紛紛筆勢奇逸墨跡如新今四十七年予來訪之則詩已亡有刻石存耳感涕不已而作是詩

香山居士留遺跡。天竺禪師有故家。空詠連珠吟疊璧。已亡飛鳥失驚蛇。林深野桂寒無子。雨浥山薑病有花。四十七年眞一夢。天涯流落淚橫斜。

唐宣宗弔樂天詩綴玉連珠六十年誰教冥路作詩仙按樂天此詩乃連珠體也書評懷素草書如飛鳥出林驚蛇入草嶺表異錄山薑花莖葉卽薑也根不堪食

而葉背叶花細如麥粒按本草术一名山姜

過大庾嶺

一念失垢汙。身心洞清淨。浩然天地間。惟我獨也正。今日嶺上行。身世永相忘。仙人拊我頂。結髮受長生。

莊子德充符受命於地惟松柏獨也正在冬夏青青受命於天惟堯舜獨也正在萬物之首白樂天詩可憐身與世從此兩相忘仙人二句乃李白流夜郎贈韋太守詩先生用其語蓋有所感也

宿建封寺曉登盡善亭望韶石三首

圖經傳聞有二仙人衣冠相對踞坐二石上云昔帝舜嘗奏樂于此言訖不見郡國志韶州有韶石山舜登此奏韶樂焉一統志在府城東北山多怪石

雙闕浮光照短亭。至今猿鳥歗青熒。君王自此西巡狩再使魚龍舞洞庭。

水經韶石對峙似闕又有鳳閣毬門之名劉夢得詩乘樏不來廣樂絕獨與猿鳥愁青熒西巡狩詩意以岳州洞庭在韶州西故云自此而西特借用舜典字耳莊子天運篇黄帝張咸池之樂於洞庭之野列子瓠巴鼓琴而鳥舞魚躍

蜀人文賦楚人辭。堯在崇山舜九疑。聖主若非真得道。南來萬里亦何爲。

司馬相如大人賦歷唐堯於崇山兮過虞舜於九疑漢書注崇山狄山也海外經曰狄山帝堯葬於其陽九疑山在零陵營道縣舜所葬也山海經南方蒼梧之丘其中有九疑山舜所葬處

嶺海東南月窟西。功成天已錫玄圭。此方定是神仙宅。禹亦東來隱會稽。

揚雄長楊賦西厭月窟東震日域尚書禹貢禹錫玄圭告厥成功孫綽天台山賦玄聖之所降遊靈仙之所窟宅史記夏本紀禹東巡狩至于會稽而崩帝王世紀禹崩于會稽葬會稽山陰縣之南今山上有禹冢

月華寺 公自注寺鄰岑水場施者皆坑戶也百年間蓋三焚矣

天公胡爲不自憐。結土融石爲銅山。萬人採斲富媼泣。秖有金帛資豪姦。脫身獻佛意可料。一瓦坐待千金還。月華三火豈天意。至今苾舍依榛菅。僧言此地本龍象。興廢反掌曾何艱。高巖夜吐金碧氣。曉得異石青斕斑。坑流窟發錢湧地。莫施百鎰朝千鍰。此山出寶以自賊。地脈已斷天應慳。我願銅山化南畝。爛熳黍麥蘇惸鰥。道人修道要底物。破鐺煮飯茆三間。

漢書吳有章郡銅山又賜通蜀東道銅山鑄錢又禮樂志郊祀歌后土富媼昭明三光張晏注曰媼老母稱也坤爲母故稱媼周禮大司馬仲夏教茇舍注草舍也智度論水行中龍陸行中象故荷大法力比之龍象按月華寺智藥三藏眞身在焉故有龍象之語史記天官書金寶之上皆有氣杜子美詩潤聚金碧氣清無砂

土痕漢書秦幣黃金方寸而重一斤以鎰爲名尚書呂刑其罰千鍰史記蒙恬列傳蒙恬喟然太息曰起臨洮屬之遼東城塹萬餘里此其中不能無絶地脈哉

南華寺

曹溪通志南華山南華寺爲六祖慧能道場按通首皆六祖事

云何見祖師。要識本來面。亭亭塔中人。問我何所見。可憐明上座。萬法了一電。飲水旣自知。指月無復眩。我本修行人。三世積精鍊。中間一念失。受此百年譴。摳衣禮眞相。感動淚雨霰。借師錫端泉。洗我綺語硯。

傳燈錄道明禪師聞五祖密付衣鉢與盧行者卽躡跡追逐至庾嶺曰我來求法願行者開示祖曰不思善不思惡正恁麼時那箇是明上座本來面目師當下大悟楞嚴經如人以手指月示人彼人因指當應看月若復觀指以月爲體此人豈惟亡失月輪亦亡其指禮記摳衣趨隅必慎唯諾鮑昭詩泪下如流霰傳燈錄六祖初住曹溪卓錫泉湧清涼甘滑贍足大衆曹溪志卓錫泉一名明通泉凡泉脈枯僧持祖衣往叩卽通流

碧落洞

公自注在英州下十五里

槎牙亂峰合。晃蕩絕壁橫。遙知紫翠閒。古來仙釋并。陽崖射朝日。高處連玉京。陰谷吖白月。夢中遊化城。果然石門開。中有銀河傾。幽龕入窈窕。別戶穿虛明。泉流下珠琲。乳湔交縵纓。我行畏人知。恐爲仙者迎。小語輒響荅。空山自雷驚。策杖歸去來。治具煩方平。

靈樞金景內經下離塵境上界玉京注云玉京無爲之天也蓋三十二帝之都法華經有一導師以方便力化作一城於是衆人前入化城生已度想生安穩想一統志洞多懸石如霓旌羽蓋旁有小洞號雲華深不可測按詩所云幽龕別戶卽指其處也史記魏其武安侯傳魏其夫妻治具自旦至今未敢嘗食神仙傳王方平降蔡經家須臾麻姑繼至再拜方平行廚具食皆金盤玉杯多諸花果芬香異常擘脯食之云是麟脯

峽山寺

公自注傳奇所記孫恪袁氏事卽此寺至今有人見白猿者

天開清遠峽。地轉凝碧灣。我行無遲速。攝衣步孱顏。山僧本幽獨。乞食況未還。雲碓水自春。松門風爲關。石泉解娛客。琴筑鳴空山。佳人劍翁孫。遊戲暫人間。忽憶嘯雲侶。賦詩留玉環。林深不可見。霧雨霾一作埋髻鬟。

郭璞江賦谿若天開地志清遠峽一名中宿峽崇山峻立中貫江流寺一名飛來寺白樂天詩藥爐有火丹應伏雲碓無人水自春釋惠標詩松門夾細草又杜子美詩松門似畫圖吳越春秋越王問劍於處女處女將見王道逢袁公公曰聞子善劍術女子曰願試也公即挽以刺女女舉杖擊之公即上樹化而爲白猿傳奇廣德中有孫恪者遊洛中遇袁氏女遂納爲室後十餘年同至峽山寺袁氏欣然改服理鬟詣老僧乃持一碧玉環獻僧曰此是院舊物僧初不曉及齋罷有野猿數十悲嘯捫蘿而躍袁氏惻然俄命筆題詩云無端變化幾湮沈剛被恩情役此心不如逐伴歸山去長嘯一聲煙霧深詩畢遂裂衣化爲老猿追嘯者躍樹而去老僧方悟曰乃貧道爲沙門時所養者碧玉環則胡人所施繫於其頸者

舟行至清遠縣見顧秀才極談惠州風物之美

到處聚觀香案吏。此邦宜著玉堂仙。江雲漠漠桂花溼梅雨翛翛荔子然。聞道黃柑常抵鵲。不容朱橘更論錢。

唐史若仗在紫宸內閤則起居舍人夾香案分立殿下杜子美詩朱橘不論錢晉書葛洪字稚川聞交趾出丹砂求爲勾漏令刺史鄧嶽留不聽去洪乃止羅浮山屢見

恰從神武來弘景。便向羅浮覓稚川。

廣州蒲澗寺

公自注地產菖蒲十二節相傳安期生之故居始皇訪之於此太平寰宇志菖蒲澗一名甘溪南越志云交州刺史陸胤所開

不用山僧導我前。自尋雲外出山泉。千章古木臨無地。百尺飛濤瀉漏天。昔日菖蒲方士宅。後來薝蔔祖師禪。而今只有花含笑。笑道秦皇欲學仙。公自注山中多含笑花

史記貨殖傳山居千章之楸注大材曰章又杜子美詩千章夏木清寰宇記戎州宜賓縣有大黎小黎二山四時霑霖俗謂之大漏天小漏天唐詩地道漏天終歲雨杜子美詩鼓角漏天東香譜梔子香出大食國即佛書所謂薝蔔也傳燈錄仰山謂香嵓禪師曰汝只得如來禪未得祖師禪遯齋閒覽南方花木北地所無者

大含笑小含笑其花常若菡萏之未敷者故有含笑之名

贈蒲澗長老

優鉢曇花豈有花。問師此曲唱誰家。已從子美得桃竹公自注此山有桃竹可作杖而土人不識予始錄子美詩遺之不向安期覓棗瓜。燕坐林間時有虎高眠粥後不聞鴉。勝遊自古兼支許。爲採松肪寄一車。

法華經佛告舍利佛如是妙法如優曇鉢花時一現耳王注佛言優曇鉢五百年而開花其花極香且有花而無實傳燈錄風穴延沼禪師有盧陂長老問曰師唱誰家曲宗風嗣阿誰延沼禪師曰超然迥出威音外翹足徒勞讚底沙志林桃竹葉如棕身如竹密節而實中蓋天成拄杖也杜子美桃竹杖引江心蟠石生桃竹蒼波噴浸尺度足斬根削皮如紫玉江妃水仙惜不得云云晉書王羲之傳會稽有佳山水名士多居之孫綽李充許詢支遁等皆以文義冠世並築室東土與羲之同好本草松脂久服輕身不老一名松脂一名松肪

發廣州

朝市日已遠。此身良自如。三杯軟飽後。〔公自注〕浙人謂飲酒爲軟飽 一枕黑甜餘。〔公自注〕俗謂睡爲黑甜 蒲澗疏鐘外。黃灣落木初。天涯未覺遠。處處各樵漁。

韓退之南海神廟碑扶胥之口黃木之灣 按灣在府城東南

浴日亭 〔公自注〕在南海廟前

劍氣崢嶸夜插天。瑞光明滅到黃灣。坐看暘谷浮金暈。遙想錢塘涌雪山。已覺滄涼蘇病骨。更煩沆瀣洗衰顏。忽驚鳥動行人起。飛上千峰紫翠間。

列子 孔子東遊見兩小兒辯鬬其一曰日出之初滄滄涼涼及其日中熱如探湯 司馬相如大人賦 呼吸沆瀣兮餐朝霞

游羅浮山一首示兒子過

人間有此白玉京。羅浮見日雞一鳴。公自注劉夢得有詩記羅浮夜半見日事山不甚高而夜見日此可異也南樓未必齊日觀。鬱儀自欲朝朱明。公自注山有二石樓今延祥寺在南樓下朱明洞在冲虛觀後云是蓬萊第七洞天東坡之師抱朴老。眞契久已交前生。玉堂金馬久流落。寸田尺宅今誰耕。道華亦嘗啖一棗。公自注唐永樂道士侯道華竊食鄧天師藥仙去永樂有無核棗人不可得道華獨得之予在岐下亦嘗得食一枚契虛正欲仇三彭。公自注唐僧契虛遇人導游稚川仙府眞人問曰汝絕三彭之仇乎契虛不能荅鐵橋石柱連空橫。公自注山有鐵橋石柱人罕至者杖藜欲趁飛猱輕。雲谿夜逢瘖虎伏。公自注山有啞虎巡山斗壇晝出銅龍吟。公自注冲虛觀後有朱眞人朝斗壇近於壇上獲銅龍六銅魚一小兒少年有奇志。中宵起坐存黃庭。近者戲作淩雲賦。筆勢彷彿離騷經負書從我盍歸去。羣仙正草新宮銘。汝應奴隸蔡少霞。我亦季孟山玄卿。公自注唐有夢書新宮銘者云紫陽眞人山玄卿撰其略曰良常西麓原澤東泄新宮宏宏崇軒巘巘又有蔡少霞者夢人遣書碑略曰昔乘魚車今履瑞雲躅空仰塗綺輅輪囷其末題云五雲書閣吏蔡少霞書還須略報老同叔。羸糧萬里尋初平。公自注子由一字同叔

李太白詩天上白玉京十二樓五城劉禹錫羅浮山詩陰陽迭用事乃俾夜作晨咿喔天雞鳴扶桑已昕昕赤波千萬里湧出黃金輪鄒師正羅浮指掌圖山高三千六百丈袤直五百里周三百里上有大小石樓相去五里皆高出雲表登之可望滄海夜半見日初出泰山日觀注屢見黃庭內景經高奔日月吾上道鬱儀結鄰善相保注鬱儀奔日之仙也茅君內傳太天之內有地中之洞天三十六所羅浮山之洞周迴五百里名曰朱明耀眞之天謝靈運羅浮山賦朱明之陽宮耀眞之陰室又山志云朱明洞即葛洪修煉之地黃庭內景經脾神常在字魂庭晝夜存之可長生注云黿黃庭也初平事見十四卷和子由送將官梁左藏詩注

十月二日初到惠州按年譜爲紹聖元年十月

彷彿曾遊豈夢中。欣然雞犬識新豐。吏民驚怪坐何事。

父老相攜迎此翁。蘇武豈知還漠北，管寧自欲老遼東。嶺南萬戶皆春色。〔公自注〕嶺南萬戶酒 會有幽人客寓公。

〔西京雜記〕高祖既作新豐，并移舊社，衢巷棟宇物色惟舊，男女老幼相攜路首，各知其室，放犬羊雞鴨於通衢，亦競識其家。〔三國志〕管寧，北海朱虛人。方天下大亂，寧聞公孫度令行於海外，遂與邴原、王烈等至遼東，卽往見度，遂廬于山谷，示無還志。〔禮記〕諸侯不臣寓公。

寓居合江樓

海上蔥曨氣佳哉。二江合處朱樓開。蓬萊方丈應不遠，肎爲蘇子浮江來。江風初涼睡正美，樓上啼鴉呼我起。我今身世兩相違，西流白日東流水。樓中老人日清新，天上豈有癡仙人。三山咫尺不歸去，一杯付與羅浮春。〔公自注〕予家釀酒名羅浮春二江[東江西江也][按]府志東江自贛州南流過龍川河源至府城東西江在府城西南[蓬萊方丈]注屢見按廣州香山縣有三洲山三山並立海中詩意似指此續仙傳[侯道華好子史手不釋卷衆或問之要此何爲荅曰天上無愚懵仙人

白水山佛跡巖

[公自注]羅浮之東麓也在惠州東北二十里[顧微廣州記]南海增城縣白水山有瀑布懸注百許丈西有佛跡巖其東湯泉出焉[志林]紹聖元年十月十二日過遊白水佛跡院浴于湯池熱甚其源殆可熟物循山而東有懸水百仞八九折折處輒爲潭水涯有巨人跡數十所謂佛跡也

何人守蓬萊。夜半失左股。浮山若鵬蹲。忽展垂天羽。根株互連絡。崖嶠爭吞吐。神工自爐鞴。融液相綴補。至今餘隙罅。流出千斛乳。方其欲合時。天匠麾月斧。帝觴分餘瀝。山骨醉后土。峰巒尚開闔。澗谷猶呼舞。海風吹未凝。古佛來布武。當時汪罔氏。投足不蓋拇。青蓮雖不見。

千古落花雨。雙溪匯九折。萬馬騰一鼓。奔雷濺玉雪。潭洞開水府。潛鱗有饑蛟。掉尾取渴虎。我來方醉後。濯足聊戲侮。回風卷飛雹。掠面過彊弩。山靈莫惡劇。微命安足賭。此山吾欲老。慎勿厭求取。谿流變春酒。與我相賓主。當連青竹竿。下灌黃精圃。

地理志惠州浮山自會稽來今浮山上猶有東方草木又羅浮山記羅山旬爲一山浮山即蓬萊別島堯時洪水浮至依羅而止二山合體謂之羅浮按詩中蓬萊失守及根株連絡神工綴補語即指此易明夷夷于左股莊子逍遥遊鵬之背若太山其翼若垂天之雲禮記堂下布武家語孔子曰汪罔氏之君守封嵎之山者爲漆姓在虞夏商爲汪罔氏於周爲長翟氏按古佛三句指巨人跡也楞嚴經即時天雨百寶蓮花青黃赤白間錯紛糅柳子厚山水記泉大類轂雷鳴西奔李白襄陽歌此江若變作春酒壘麴便築糟丘臺杜子美泉眼詩何當宅下流餘潤通藥圃三春溼黃精一食生毛羽

詠湯泉

公自注在白水山

積水焚大槐。蓄油災武庫。驚然丞相井。疑浣將軍布。自憐耳目隘。未測陰陽故。鬱攸火山烈。觱沸湯泉注。豈惟渴獸駭。坐使癡兒怖。安能長魚鼈。僅可燖狐兔。山中惟木客。戸外時芒屨。雖無傾城浴。幸免亡國汚。

莊子雜篇水中有火乃焚大槐博物志積油萬石則自然生火昔晉泰武中武庫火積油所致又臨邛火井諸葛丞相往視之後火轉盛異苑亦云聖證論梁冀衣布有垢則洗之於火後漢梁冀傳帝曰此跋扈將軍也列子周穆王大征西戎西戎獻火浣之布浣之必投于火布則火色垢則布色出火而振之皓然疑乎雪十洲記炎洲在南海中有火林山山中有獸大如鼠毛長三四寸取其毛績以爲布名曰火澣布左傳哀三年司鐸火子服景伯命濟濡帷幕鬱攸從之注鬱攸火氣也山海經注火山國雖經霖雨火常烈魏書崑崙之墟有炎火之山詩小雅觱沸檻泉吴越春秋越有木客村勾踐使工人伐木欲以獻吴久不得歸工人憂思作木客吟後人因以名其地互見十三卷八境圖詩注驪山華清宮有溫泉卽貴妃浴處

自笑一首

子石如琢玉。遠煙眞削黳入我病風手。公自注古語云磨墨如病風手玄雲渰淒淒。是中有何好。而我喜欲迷。既似蠟屐阮。又如鍛柳嵇。醉筆得天全。宛宛天投蜺。一作霓多謝中書君。伴我此幽棲。

歐陽永叔硯譜端石以子石爲上本草松柏千年爲茯苓又千年爲琥珀又千年爲黳燒之作松氣爲用與琥珀同狀似玄玉而甚輕出西戎釋名黳是衆珀之長亦曰黳其色黳黑故名阮屐嵇鍛並已見詩小雅有渰淒淒後漢五行志靈帝光和元年有黑氣墮北宮溫明殿東庭中黑如車蓋起奮訊身五色有頭體長十餘丈形貌似龍上問蔡邕對曰所謂天投蜺者也

朝雲詩 并引

世謂樂天有粥駱馬放楊柳枝詞嘉其主老病不忍去也然夢得有詩云春盡絮飛留不得隨風好

去落誰家樂天亦云病與樂天相伴住春隨樊子一時歸則是樊素竟去也予家有數妾四五年相繼辭去獨朝雲者隨予南遷因讀樂天集戲作此詩朝雲姓王氏錢塘人嘗有子曰幹兒未朞而天云

不似楊枝別樂天。恰如通德伴伶玄。阿奴絡秀不同老。天女維摩總解禪。經卷藥罏新活計。舞衫歌扇舊因緣。丹成逐我三山去。不作巫陽雲雨仙。

前三句故實屢見按阿奴句似指幹兒之夭也維摩經天女居維摩室與舍利佛發明禪理維摩曰此天女已能遊戲菩薩之神通也白樂天集有閒居貧活計詩宋玉高唐賦昔者先王嘗游高唐怠而晝寢夢一婦曰妾巫山之神女也旦爲朝雲暮爲行雨朝朝暮暮陽臺之下

寄虎兒 按虎兒猶子遠也

獨倚桄榔樹。閒挑蓽撥根。謀生看拙否。送老此蠻村。廣志桄榔樹大四五圍長五六丈直上無條枝可作杖其顛生葉不過數十似栟櫚本草圖經蓽撥生波斯國今嶺南有之多生竹林內正月發苗作叢高三四尺

十一月二十六日松風亭下梅花盛開 按年譜先生以紹聖元年十月二日至惠州寓居嘉祐寺松風亭

春風嶺上淮南村。昔年梅花曾斷魂。公自注子昔赴黃州春風嶺上見梅花有兩絕句明年正月往岐亭道上賦詩云去年今日關山路細雨梅花正斷魂豈知流落復相見。蠻風蜑雨愁黃昏。長條半落荔枝浦。臥樹獨秀桄榔園。豈惟幽光留夜色。直恐冷豔排冬溫。松風亭下荊棘裏。兩株玉蕊明朝暾。海南仙雲嬌墮砌。月下縞衣來扣門。酒醒夢覺起

繞樹玅意有在，終無言。先生獨飲勿歎息，幸有落月窺清尊。

[一統志]廣州府城東有荔枝洲，周五十里，南漢嘗建昌華苑其上。[按]縞衣以下，即咏趙師雄事。

再用前韻

羅浮山下梅花村，玉雪爲骨冰爲魂。紛紛初疑月挂樹，耿耿獨與參橫昏。先生索居江海上，悄如病鶴栖荒園。天香國艷肯相顧，知我酒熟詩清溫。蓬萊宮中花鳥使，緑衣倒挂扶桑暾。[公自注]嶺南珍禽有倒挂子，緑衣紅咮，如鸚鵡而小，自海東來，非塵埃中物也。抱叢窺我方醉臥，故遣啄木先敲門。麻姑過君急掃灑，鳥能歌舞花能言。酒醒人散山寂寂，惟有落蕊粘空樽。

唐摭言僧栖白詩忍苦爲詩身到此冰魂雪魄已難招杜子美徐卿二子歌秋水爲神玉爲骨又詩天橫醉後參禮記子夏曰吾離羣而索居亦已久矣唐明皇天寶末遣使採民間美女納之宮中號花鳥使劉續霏雪錄桐花鳳即東坡詞所謂倒挂緑毛幺鳳是也李之儀詠倒挂詞自注云此鳥以十二月來好集美人釵上謂之收香倒挂又名探花使按此則花鳥使正指倒挂也異物志啄木大如鵲青黑色人呼爲山啄木穿木食蠹左思詩南山有鳥自名啄木韓退之詩洛陽窮秋厭窮獨丁丁啄門疑啄木李肇國史補李泌以虛誕自任嘗對客曰令家人速掃灑今夜洪崖先生來有人遺美酒會有客至乃曰麻姑送酒來與君同傾言未畢門者曰某侍郎取榼子泌命倒還略無怍色

新釀桂酒

先生桂酒頌序楚詞曰奠桂酒兮椒漿是桂可以爲酒也有隱居者以桂酒方教吾釀成而玉色香味超然非世間物也

擣香篩辣入瓶盆。盎盎春溪帶雨渾。收拾小山藏社甕。

招呼明月到芳樽。酒材已遣門生致。菜把仍叨地主恩。

爛煮葵羹斟桂醑。風流可惜在蠻村。

小山淮南小山作招隱士篇其詞曰桂樹叢生兮山之幽三見周禮酒正以式法授酒材杜子美詩清晨蒙菜把常荷地主恩

惠守詹君見和復次韻

已破誰能惜甑盆頹然醉裏得全渾欲求公瑾一倉米試滿莊生五石樽三杯卯困忘家事萬戶春濃感國恩刺史不須要半道籃輿未暇走山村

破甑孟敏事見第七卷與周長官游徑山詩注三國吳魯肅傳周瑜故過候肅并求資糧肅家有兩囷米各三千斛肅乃指一倉與周瑜公瑾瑜字白樂天有卯飲詩籃輿半道用陶淵明事屢見

花落復次前韻

玉妃謫墮煙雨村先生作詩與招魂人間草木非我對奔月偶挂成幽昏暗一作闇香入戶尋短夢青子綴枝留小

施註蘇詩卷三十五 十五

園。披衣連夜喚客飲。雪膚滿地聊相溫。松明照坐愁不睡。井花入腹清而暾。先生來年六十化。道眼已入不二門。多情好事餘習氣。惜花未忍都無言。畱連一物吾過矣。笑領百罰空罍樽。

玉妃借用太眞事 招魂楚辭篇名宋玉哀閔屈原無罪放逐恐其魂魄離散遂託帝命假巫語以招之 杜子美詩見童汲井花慣捷瓶在手 本草井花水平旦第一汲者令人好顔色 莊子蘧伯玉行年六十而六十化 再見北史王晞傳謂盧思道曰卿輩亦是畱連之一物豈直魚鳥而已 杜子美詩數莖白髮那抛得百罰深杯亦不辭

江郊 并序

惠州歸善縣治之北數步抵江少西有盤石小潭可以垂釣作江郊詩云

江郊葱曨。雲水蒨絢。碕岸斗入。洄潭輪轉。先生悅之。布席閒燕。初日下照。潛鱗俯見。意釣忘魚。樂此竿綫。優哉悠哉。玩物之變。

柳子厚記流沫成輪唐張志和傳自稱煙波釣徒志不在魚每垂釣不設餌韓退之詩舉竿引線忽有得詩小雅優哉悠哉

詹守攜酒見過用前韻作詩聊復和之

箕踞狂歌老瓦盆。燎毛燔肉似羌渾。傳呼草市來攜客。灑掃漁磯共置尊。山下黃童爭看舞。江干白骨已銜恩。公自注時詹方議葬暴骨孤雲落日西南望。長羨歸鴉自識村。

杜子美少年行莫笑田家老瓦盆又三絕句縱暴略與羌渾同注謂吐谷渾西羌種也

寄鄧道士 幷序

羅浮山有野人相傳葛稚川之隸也鄧道士守安山中有道者也嘗於菴前見其足跡長二尺許紹聖二年正月二日予偶讀韋蘇州寄全椒山中道士詩云今朝郡齋冷忽念山中客澗底束荆薪歸來煮白石（抱朴子內篇云引石散以方寸匕投一斗白石子中以水合煮之立熟如芋子可食以當穀）遥持一樽酒遠慰風雨夕落葉滿空山何處尋行迹乃以酒一壺依蘇州韻作詩寄之

一杯羅浮春遠餉採薇客（嵇叔夜養生論採薇山阿散髮巖岫）遥知獨酌罷醉臥松下石幽人不可見清嘯聞月夕聊戲菴中人空飛本無迹（柳子厚詩飛鳥無遺跡）

上元夜 公自注惠州作

前年侍玉輦。端門萬枝燈。璧月挂罘罳。珠星綴觚稜。去年中山府。老病亦宵興。牙旗穿夜市。鐵馬響春冰。今年江海上。雲房寄山僧。亦復舉膏火。松間見層層。散策桄榔林。林疎月鬅鬙。使君置酒罷。簫鼓轉松陵。狂生來索酒。公自注賈道人也 一舉輒數升。浩歌出門去。我亦歸瞢騰。

端門宣德門也宋故事元夕皇帝登端門以宴羣臣罘罳觚稜並已見中山府定州也南部新書云軍前大旗謂之牙旗又先生定州詩云鐵騎曉出冰河裂二句正指帥定武軍時事

正月二十四日與兒子過賴仙芝王原秀才僧曇穎行全道士何宗一同游羅浮道院及棲禪

精舍過作詩和其韻寄邁迨一首 棲禪寺在惠州豐湖上

斷橋隔勝踐。脫屨欣小揭。瘴花已繁紅。官柳猶疎細。斜川二三子。悼歎吾年逝。凄涼羅浮館。風壁頹雨砌。黃冠常苦饑。迎客羞破袂。仙山在何許。歸鶴時墮毳。崎嶇食松黃。欲救齒髮弊。坐令禪客笑。一夢等千歲。棲禪晚置酒。鑾果粲蕉荔。齋厨釜無羹。野餉籃有蕙。嬉游趁時節。俯仰了此世。猶當洗業障。更作臨水禊。寄書陽羨兒。并語長頭弟。門戶各努力。先期畢租稅。

詩國風淺則揭注揭衣涉水曰揭陶淵明游斜川詩序天氣澄和風物閑美與二三鄰曲同游斜川又云悲日月之遂往悼吾年之不留本草圖經松枝上黃粉名松黃應劭風俗通禊者潔也於水上盥潔之也王注陽羨兒邁也長頭弟迨也二子在常州治長頭見先生詩

正月二十六日偶與數客野步嘉祐僧舍東南野人家雜花盛開扣門求觀主人林氏媪出應白髮青帬少寡獨居三十年矣感歎之餘作詩記之一首白鶴故居圖嘉祐寺在歸善縣西

縹蔕緗枝出絳房綠陰青子送春忙涓涓泣露紫含笑焰焰燒空紅佛桑落日孤煙知客恨短籬破屋爲誰香主人白髮青帬袂子美詩中黃四娘杜牧之詩醉折梨園縹蔕花李商隱詩紅苞雜絳房釋名綠白色曰縹淺黃色曰緗大赤色曰絳余皇日疏佛桑出嶺南枝葉類江南槿樹花類中州芍藥而輕柔過之有深紅深紫淺紅數種剪插于土即活杜子美詩黃四娘家花滿蹊再見

龍虎石研寄猶子遠

皎皎穿雲月。青青出水荷。文章工點黮。忠義老研磨。偉節何須怒。寬饒要少和。吾衰此無用。寄與小東坡。公自注遠爲人類子

晉書衛恒傳草書勢云或黝黕點黮狀似連珠絕而不離後漢書賈彪字偉節兄弟三人並有高名而彪最優故天下稱曰賈氏三虎偉節最怒漢書蓋寬饒傳自以行清能高而爲凡庸所越愈失意不快數上書諫諍太子庶子王生高寬饒節而非其如此予書云云寬饒不納竟被害

贈王子直秀才

萬里雲山一破裘。杖端閑挂百錢游。五車書已留兒讀。二頃田應爲鶴謀。水底笙歌蛙兩部。山中奴婢橘千頭。幅巾我欲相隨去。海上何人識故侯。

次韻表兄程正輔江行見桃花

曲士賦懷沙。草木傷莽莽。德人無荆棘。坐失嶺嶠阻。我兄瑚璉姿。流落瘴江浦。淨眼見桃花。紛紛墮紅雨。蕭然振衣裓。笑問散花女。我觀解語花。粉色如黄土。一言破千偈。況爾初不語。可憐一轉話。他日如何舉。故復此微吟。聊和鷗鴉櫓。江邊閒草木。閑客當爲主。爾來子美瘦。正坐作詩苦。袖手焚筆研。清篇眞漫與。願君一作兄理北轅。六轡去如組。上林桃花開。水煖鴻北翥。

史記屈平既絀乃作懷沙之賦其辭云滔滔孟夏兮草木莽莽傷懷永哀兮汩徂南土　維摩詰經　遠塵離垢得法眼淨　李賀將進酒歌　況是青春日將暮桃花亂落如紅雨　振衣散花　見十七卷李公擇過高郵詩注　天寶遺事　太液池千葉白蓮開帝與貴妃宴賞指妃謂左右曰何如此解語花也　陳鴻長恨歌傳　玄宗駕幸華清宮内外命婦熠燿景從上心油然若有顧遇左右前後粉色如土詔高力士潛搜外宮得楊玄琰女壽邸　陸雲與兄機書云君苗能文每見兄文輒欲焚其筆研左

傳宣十二年告令尹改乘轅而北之詩國風執轡如組

追餞正輔表兄至博羅賦詩爲別

孤臣南游墮黄菅。君亦何事來牧蠻。艤舟蜑戶龍岡窟。置酒椰葉桄榔間。高談已笑衰語陋。傑句尤覺清詩孱。博羅小縣僧舍古。我不忍去君忘還。君應回望秦與楚。夢涉漢水愁秦關。我亦坐念高安客。神游黄蘗參洞山。何時曠蕩洗瑕謫。與君歸駕相追攀。梨花寒食隔江路。兩山遥對雙煙鬟。歸耕不用一錢物。惟要兩腳飛孱顔。玉牀丹鏃記分我。助我金鼎光爛斑。

韓退之詩衙時龍戶集注即今蜑戶也謂採珠者一統志惠州有九龍岡在長樂吴都賦檳榔無柯椰葉無陰南方草木狀椰樹葉如栟櫚高五六丈無枝條高安

[縣]隸筠州時子由分司南京筠州居住[傳燈錄]洪州黄蘗希運禪師筠州洞山良价禪師[玉牀丹鏃]見十八卷觀張師正所蓄辰砂詩注[大丹祕契圖]金鼎篇云金鼎者上應天下應地中應人民

再用前韻

樂天雙鬢如霜菅。始知謝遣素與蠻。我兄綠髮蔚如故。已了夢幻齊人閒。蛾眉勸酒聊爾耳。處仲太忍茂弘孱。三杯徑醉便歸臥。海上知復幾往還。連娟六幺趁蹋鞠。杳眇三疊縈陽關。酒醒。夢斷。何所有。落花。流水。空青山。忽驚鐃鼓發半夜。明月不許幽人攀。贈行無物惟一語。莫遣瘴霧侵雲鬟。羅浮道人一傾蓋。欲繫白日留君顏。應知我是香案吏。他年許綴蓬萊班。

晉書王敦字處仲王導字茂弘詩意用王愷使美人行酒事注已見蹋鞠字出史記蘇秦傳又見衞霍傳今之蹴鞠也劉向別錄曰蹴踘黄帝所造六幺曲名琵琶錄唐崑崙彈新翻羽調綠腰注綠腰卽錄要也本自樂工進曲上令錄出要者乃以爲名後又訛爲六幺也陽關三疊詳見十二卷和孔密州詩注

施註蘇詩卷之三十五

施註蘇詩卷之三十六

漫堂先生宋　犖　閲定

長洲顧嗣立
毗陵邵長蘅　刪補
樸園先生張榕端
商丘宋　至

詩四十八首 時在惠州作 施注缺今補

眞一酒 并引

米麥水三一而已此東坡先生眞一酒也

撥雪披雲得乳泓。蜜蠭又欲醉先生。[公自注]眞一色味頗類予在黄州日所醖蜜酒也稻垂麥仰陰陽足。器潔泉新表裏淸。曉日著顔紅有暈。春風入髓散無聲。人間眞一東坡老。與作青州從事名。

遊博羅香積寺 并引 [白鶴故居圖] 香積寺在惠州南博羅縣西山下

寺去縣七里三山犬牙夾道皆美田麥禾甚茂寺下谿水可作碓磨若築塘百步閘而落之可轉兩輪舉四杵也以屬縣令林抃使督成之 抃字天和

二年流落蠹魚鄉。朝來喜見麥吐芒。東風搖波舞淨綠、初日泫露酣嬌黃。汪汪春泥已沒膝、剡剡秋穀初分秧。誰言萬里出無友、見此二美喜欲狂。三山屏擁僧舍小、一谿雷轉松陰涼。要令水力供臼磨、與相地脈增隄防。霏霏落雪看收麨、隱隱疊鼓聞舂糠。散流一啜雲子白、炊裂十字瓊肌香。豈惟牢九薦古味。[公自注]東晳餅賦饅頭薄持起搜牢九 要使

眞一流天漿詩成捧腹便絶倒書生説食眞膏肓

國語范蠡謂王孫雄曰故濱於東海之陂黿鼉魚鼈之與處而鼃黽之與同陼柳子厚詩麥芒際天搖青波文選麥漸漸以擢芒謝靈運詩花上露猶泫白鶴故居圖三山者大北山象頭山白水山皆在水南一谿者卽東江也在山之北柳州山水記泉大類轂雷鳴西奔漢武帝外傳太上之藥則有風實雲子金精玉液杜子美詩飯抄雲子白晉書何曾性奢豪每燕見不食大官所設帝輒命取其食蒸餅上不拆作十字不食也眞一酒名按束皙餅賦有饅頭薄壯起溲牢九之名而先生詩用作牢九又自注中薄壯作薄持起溲作起搜又三十八卷眞一酒歌亦用起搜字想別有所據未詳

次韻定慧欽長老見寄八首

蘇州定慧長老守欽使其徒卓契順來惠州問予安否且寄擬寒山十頌語有璨忍之通而詩無烏可之寒吾甚嘉之爲和八首吳郡圖經續記定慧禪院本萬歲子院在長洲縣東祥符中改今額傳燈錄天台寒山子者本無氏族始豐縣西七十里有寒明二巖以其於寒巖中居止故名有頌三百餘首傳布人間又三祖僧璨鏡智

禪師五祖弘忍大滿禪師賈島初爲僧名無本可卽僧可明也舊云郊寒島瘦

左角看破楚南柯聞長滕鈎簾歸乳燕穴紙出癡蠅爲鼠常留飯憐蛾不點燈崎嶇眞可笑我是小乘僧

左角用蠻觸事南柯用淳于棼事並已見左傳隱十二年滕侯薛侯來朝爭長卒長滕侯傳燈錄古靈神贊禪師見蜂子投紙牎求出師曰世界如許廣闊不肎出鑽他故紙驢年去遂有偈曰空門不肎出投牕也太癡百年鑽故紙未見出頭時韓退之詩癡如遇寒蠅李白書云白崎嶇歷落可笑人也傳燈錄圭峰云悟我空徧眞之理而修者是小乘禪

鐵橋本無柱石樓豈有門舞空五色羽吠雲千歲根松花釀仙酒木客餽山飧我醉君且去陶云吾亦云

白鶴故居圖鐵橋峰在大石樓峰東大小二石樓在羅浮山下一統志五色雀出羅浮山貴人至則先翔舞先生在儋州有五色雀詩見三十八卷續神仙傳朱孺子一日忽見二花犬相趨入枸杞叢下因异之尋掘得二枸杞根形狀如犬白樂天詩不知靈藥根成狗怪得時聞吠夜聲原化記有老人雪中訪崔豈眞獻松花

酒老人云花澀無味乃取一丸藥投之味頓別

羅浮高萬仞不看扶桑卑默坐朱明洞玉池自生肥從來性坦率醉語漏天機相逢莫相問我不記吾誰

白鶴故居圖朱明洞在麻姑峰之北又詳上卷遊羅浮山詩注

幽人白骨觀大士甘露滅根塵各清淨心境兩奇絕眞源未純熟習氣餘陋劣譬如已放鷹中夜時掣紲

楞嚴經優婆尼沙陁白佛言觀不淨相生大厭離白骨微塵歸於空虛維摩經始在佛樹力降魔得甘露滅覺道成楞嚴經根塵同源縛脫無二又世間一切根塵陰處界等皆如來藏清淨本然張衡鵻鶚賦蒼鷹鷙而受紲

誰言窮巷士乃竊造化權所見皆我有安居受其全戲作一篇書千古發爭端儒墨起一作豈相殺予初本無言

閒居蓄百毒。救彼跛與盲。依山作陶穴。掩此暴骨橫。區區效一溉。豈能濟含生。力惡不已出。時哉汝非爭。

周禮醫師掌醫之政令聚毒藥以供醫事注毒五毒也疏藥之辛苦者又韓退之詩醫師加百毒詩大雅陶復陶穴左傳宣十二年楚子曰今我使二國暴骨暴矣禮記大道之行力惡其不出於身也不必爲己

少壯欲及物。老閒餘此心。微生山海閒。坐受瘴霧侵。可憐鄧道士。攝衣問呻吟。覆舟卻一作弔私渡。斷橋費千金。

按鄧道士名守安嘗造東新橋見下卷兩橋詩序

淨名毗耶中。妙喜恒沙外。初無往來相。二土徒故切同一在。云何定慧師。尚欠行腳債。請判維摩憑。一到東坡界。

維摩經毗耶離城中有長者名維摩詰僧肇注云維摩詰秦言淨名也又佛言有國名妙喜佛號無動是維摩詰於彼國沒而來此生

二一作三月十九日攜白酒鱸魚過詹使君食槐葉冷淘杜子美槐葉冷淘詩青青高槐葉采掇付中廚新麪來近市汁滓宛相俱云云

枇杷已熟粲金珠，桑落初嘗灩玉蛆。暫借垂蓮十分盞，一澆空腹五車書。青浮卵椀槐芽餅，紅點冰盤藿葉魚。醉飽高眠眞事業，此生有味在三餘。

水經注劉白墮宿擅工釀採挹河流醖成芳酎懸食同枯枝之年排於桑落之辰故酒得其名霏雪錄河東桑落坊有井每至桑落時取水釀酒甚美庾信詩蒲城桑落酒灞岸菊花天王注槐芽餅取槐葉汁溲麪作餅即鮮碧色禮記少儀牛羊與魚之腥聶而切之爲膾注云聶之言牒也先藿葉切之復報切之則成膾三國志注董遇言爲學當以三餘冬者歲之餘夜者日之餘陰雨者時之餘也

江漲用過韻

草木生故墟，牛羊滿空瀆。春江圍草市，夜浪浮竹屋。已連漲海白。尚帶霍山綠。坎離更休王。魚鼈橫陵陸。得非崑崙囚。欲報陸渾衂。行看北風競。來救南國蹙。長驅連山燒。一掃含沙毒。孤吟慼造化。何時停倚伏。當憐水旱氓。不作舟車蓄。江流儻席卷。社酒期茅縮。

房千里竹室記予環堵所棲率用竹以結其四周植者爲柱楣撐者爲椽桷破者爲霤削者爲障一統志霍山在龍川縣有三百七十二峰按東江過龍川入惠州界故云周易坎爲水離爲火漢書音義五行有王相死囚休廢卽五行相勝之意也韓退之陸渾山火詩女丁婦壬傳世婚一朝結讎奈後昆又月及申酉利復怨助女五龍從九鯤溺厥邑囚之崑崙注水火相配今火勝水故結讎然水生于申火死于酉故帝於此時令之報怨溺火官之邑而囚火官于崑崙也按此正申上句坎離休王之意左傳襄十八年晉人聞有楚師師曠曰不害吾驟歌北風又歌南風南風不競又成十六年南國蹙射其元王中厥目山海經大荒南有蜮處水中含沙射人影中則成瘡史記旱則資車水則資舟物之理也左傳僖四年爾貢包茅不入無以縮酒

連雨漲江二首

越井岡頭雲出山。牂牁江上水如天。牀牀避漏幽人屋、浦浦移家蜑子船。龍卷魚鰕并雨落、人隨雞犬上牆眠。只應樓下平階水。長記先生過嶺年。

史記西南夷傳牂牁江廣數里出番禺城下後漢南蠻傳楚遣將莊蹻伐夜郎軍至且蘭椓船於岸而步戰既滅夜郎以且蘭有椓船牂牁處乃改其名爲牂牁注繫船杙也亦作牂牁杜甫茅屋爲秋風所破歌牀牀屋漏無乾處類書蜑人瀕海而居以舟爲宅辨水色知龍居又曰龍人

急雨蕭蕭作晚涼。臥聞榕葉響長廊。微明燈火耿殘夢、半濕簾帷浥舊香。高浪隱牀吹甕盎、闇風驚樹擺琳琅。先生不出晴無用、留向空階滴夜長。

嵇含南方草木狀榕樹南海桂林多有之葉如木麻實如冬青枝條最繁其蔭十畝柳子厚詩山城過雨百花盡榕葉滿庭鶯亂啼

四月十一日初食荔支

南村諸楊北村盧〔公自注〕謂楊梅盧橘也白華青葉冬不枯垂黃綴紫煙雨裏特與荔支爲先驅海山仙人絳羅襦紅紗中單白玉膚不須更待妃子笑風骨自是傾城姝不知天公有意無遣此尤物生海隅雲山得伴松檜老霜雪自困樝梨麤先生洗盞酌桂醑冰盤薦此赬虬珠似聞江鰩斫玉柱更洗河豚烹腹腴〔公自注〕予嘗謂荔支厚味高格兩絕果中無比惟江鰩柱河豚魚近之耳我生涉世本爲口一官久已輕蓴鱸人間何者非夢幻南來萬里眞良圖

臨海異物志楊梅其子大如彈丸正赤五月中熟司馬相如上林賦盧橘夏孰師古曰盧黑色也廣州記盧橘皮厚味酸大如柑至夏熟土人呼爲盧橘張勃吳錄餘冬錄云相如作賦不知盧橘名枇杷按上林賦自有枇杷橪柿之文不應重出蔡君謨食荔支詩絳衣仙子過中元別葉空枝去不還古今注中單襯衣也漢高

祖始改名汗衫唐輿服志凡祀天地之服皆白紗中單左傳昭二十八年叔向欲取于申公巫臣氏其母曰夫有尤物足以移人苟非德義則必有禍禮記楂梨鑽之莊子天運篇其猶柤梨橘柚耶其味相反而皆可于口韓退之柿詩然雲燒樹火實駢金烏下啄赬虬卵臨海異物志玉珧柱美如珧玉晉安南異物名記肉柱膚寸美如珧玉即江瑤也一云江瑤即海月藝苑雌黃河豚水族之奇味本草吳越人春月甚珍貴之尤重其腹腴呼爲西施乳禮記少儀冬右腴疏曰腴腹下也杜子美設鱠歌徧勸腹腴愧年少

桄榔杖寄張文潛一首時初聞黃魯直遷黔南范淳父九疑也

睡起風清酒在亡身隨殘夢兩茫茫江邊曳杖桄榔瘦
林下尋苗蕐撥香獨步儻逢勾漏令遠來莫恨曲江張
遥知魯國眞男子獨憶平生盛孝章

唐書劉禹錫傳作問大鈞謫九年等賦又敘張九齡爲宰相建言放臣不宜與善地悉徙五谿不毛處議者以爲開元良善臣而卒無嗣豈忮心陰責最大雖他美

莫贖耶欲感諷權近而憾不釋張九齡傳韶州曲江人時呼爲張曲江楊彪傳融謂曹操曰孔融魯國男子也會稽典錄盛憲字孝章有天下大名孫策欲誅之孔文舉與曹公書意欲曹公致書救之書未至而已誅矣初憲爲臺郎路逢童子容貌非常憲怪而問之曰魯國孔融憲異之乃載歸結爲兄弟

答周循州

蔬飯藜牀破衲衣掃除習氣不吟詩前生自一作似是盧行者後學過呼韓退之未敢叩門求夜話時叨送米續晨炊知君清俸難多輟且覓黃精與療饑

盧行者名慧能即曹溪六祖抱朴子內篇黃精一名救窮一名垂珠服花勝實服實勝根

與程正輔游碧落洞

空山不難到絕境未易名何時謫仙人來作鈞天聲胸中幾雲夢餘地多一作方恢宏長庚與北斗錯落綴冠纓黃

公獻紫芝。赤松餽青精。谿山久寂寞。請續離騷經。抱枝寒蜩咽。繞耳飛蚊淸。謫仙撫掌笑。笑此羽皇銘。我頃嘗獨游。自適孤雲情。君今又繼往。霧雨愁青冥。感君兄弟意。尋羊問初平。玉牀分箭鏃。不忍獨長生。詩成輒寄我。妙絕陶謝幷。孤鴻方避弋。老驥猶在坰。鳥獸如可羣。永寄槁木形。何山不堪隱。飲水自修齡。

曹子建與陳琳書披翠雲以爲衣戴北斗以爲冠高士傳四皓者甪里先生綺里季夏黃公東園公也避秦逃入商洛山作歌曰莫莫高山深谷逶迤曄曄紫芝可以療饑眞誥霍山有道者鄧伯原受青精石飯之法杜子美詩豈無青精飯使我顏色好按羽皇銘疑即用前卷自注山玄卿新宮銘事

六月十二日酒醒步月理髮而寢

羽蟲見月爭翾一作翻翻。我亦散髮虛明軒。千梳冷快肌骨、醒。風露氣入霜蓬根。起舞三人謾相屬。停盃一問終無言。曲肱薤簟有佳處。夢覺瓊樓空斷魂。

杜子美夏夜歎昊天出華月茂林延踈光仲夏苦夜短開軒納微涼虛明見纖毫羽蟲亦飛揚眞誥大極綠經云髮當數櫛血液不滯髮根常堅李太白詩青天有月來幾時我今停盃一問之白樂天寄李蘄州詩笛愁春盡梅花裏簟冷秋生薤葉中拾遺記翟乾祐與人翫月人問月中何所有乾佑曰隨我手看之月規半圓瓊樓玉宇滿焉良久乃隱又先生有詞云祇恐瓊樓玉宇高處不勝寒亦同此意

荔支歎

十里一置飛塵灰。五里一候兵火催。顛坑仆谷相枕籍。知是荔支龍眼來。飛車跨山鶻橫海。風枝露葉如新採。宮中美人一破顏。驚塵濺血流千載。永元荔支來交州。天寶歲貢取之涪。至今欲食林甫肉。無人舉觴酹伯游。

公自注漢永元中交州進荔支龍眼十里一置五里一候奔騰死亡罹猛獸毒蟲之害者無數唐羌字伯游爲林武長上書言狀和帝罷之唐天寶中葢取涪州荔支自子午谷路進入 我願天公憐赤子。莫生尤物爲瘡痏。雨順風調百穀登。民不饑寒爲上瑞。集本無此二句 君不見武夷溪邊粟粒芽前丁後蔡相籠加。公自注大小龍茶始於丁晉公成於蔡君謨歐陽永叔聞君謨進小龍團驚歎曰君謨士人也何至作此事 爭新買寵各出意。今年鬬品充官茶。公自注今年閩中監司乞進鬬茶許之 吾君所乏豈此物。致養口體何陋耶。洛陽相君忠孝家。可憐亦進姚黃花。公自注洛下貢花自錢惟演始

李太白詩誰能駕飛車相從觀海外金樓子奇肱之民能爲飛車兵書海鶻頭低尾高前大後小如旗之狀木華海賦魚則橫海之鯨王注鶻橫海言船也按首四句指漢橫海四句指唐交州記龍眼樹高五六丈似荔支而小廣州記荔支大如桂樹實如雞子甘而多汁謝承後漢書唐羌上書云伏見交趾七郡獻生龍眼等鳥驚風發南州土地炎熱惡蟲猛獸不絕於路至於觸犯死亡之害死者不可生來者猶可救也此二物升殿未必延年益壽云云後漢書和帝紀元興元年帝以

唐羌言下詔曰遠國珍羞本以薦奉宗廟苟有傷害豈愛民之本其敕大官勿復受獻按漢書曰元興先生詩云永元蓋未年改元卽永元十七年也王注十五年誤張平子西京賦所惡成瘡痏武夷山在建州粟粒芽茶之極品者范希文鬬茶歌年年春日東南來建溪水暖冰微開溪邊奇花冠天下武夷仙人親手裁錢俶歸朝謚忠懿先生有表忠觀碑互見前三十四卷忠孝王注歐陽牡丹譜姚黃者千葉黃花出於民姚氏家

江月五首并引

嶺南氣候不常吾嘗云菊花開時乃重陽涼天佳月卽中秋不須以日月爲斷也今歲九月殘暑方退旣望之後月出愈遲然予嘗夜起登合江樓或與客游豐湖入栖禪寺扣羅浮道院登逍遥堂逮曉乃歸杜子美云四更山吐月殘夜水明樓此殆古今絕唱也因其句作五首仍以殘夜水明樓爲

韻

一更山吐月。玉塔臥微瀾。正似西湖上。湧金門外看。冰輪橫海闊。香霧入樓寒。停鞭且莫上。照我一杯殘。

二更山吐月。幽人方獨夜。可憐人與月。夜夜江樓下。風枝夕一作久未停。露草不可藉。歸來掩關臥。唧唧蟲夜話。

三更山吐月。棲鳥亦驚起。起尋夢中遊。清絕正如此。駈雲掃衆宿。俯仰迷空水。幸可飲我牛。不須違洗耳。

四更山吐月。皎皎爲誰明。幽人赴我約。坐待玉繩橫。野橋多斷板。山寺有微行。今夕定何夕。夢中遊化城。

春秋元命苞玉衡北兩星爲玉繩星謝朓詩玉繩低建章杜子美詩不違銀漢落亦伴玉繩橫

五更山吐月。牕迥室幽幽。玉鉤還掛戶。江練卻明樓。星河澹欲曉。鼓角冷知秋。不眠翻五詠。清切變蠻謳。

韓退之詩蟲鳴室幽幽月吐牕烱烱鮑昭月詩始出西南樓纖纖如玉鉤謝玄暉詩澄江靜如練

聞正輔表兄將至以詩迎之

生逢堯舜仁。得作嶺南游。雖懷跫然喜。豈免跕墮憂。莫雨侵重膇。曉煙騰鬱攸。朝槃見蜜唧。夜枕聞鵂鶹。幾欲烹鬱屈。固嘗饌鉤輈。舌音漸獠變。面汗嘗騂羞。賴我存黃庭。有時仍丹丘。目聽不任耳。踵息殆廢喉。稍欣素月夜。遂度黃茅秋。我兄清廟器。持節瘴海頭。蕭然三家步。橫此萬斛舟。人言得漢吏。天遣活楚囚。惠然再過我。樂

哉十日畱但恨參語賢忽潛九原幽萬里儻同歸兩鰥當對穩公自注軾喪婦已三年矣正輔近亦有亡嫂之戚故云强歌非眞達何必師莊周

跫然足音出莊子跕墮用後漢馬援事竝已見左傳成六年韓獻子曰郇瑕氏之地其惡易覯易覯則民愁民愁則墊隘于是乎有沈溺重膇之疾蜜唧卽鼠胎飼之以蜜飣筵上獠民喜食之互詳下卷聞子由瘦詩注嶺表異錄鴟一名鵂鶹夜飛晝伏能拾人爪甲以爲凶凶則鳴于屋上又名鬼車韓退之南食詩惟蛇舊所識實憚口眼獰開籠聽其去鬱屈尚不平又陸龜蒙苦熱詩蛇煩爭鬱屈盤蹊實郭索鉤輈鷓鴣聲也韓退之詩鷓鴣鉤輈猿叫歇李羣玉詩方穿詰曲崎嶇路又聽鉤輈格磔聲南越志鷓鴣肉白而脆味勝雞雉韓退之南食詩腥臊始發越咨咀面汗騂楚辭遠遊仍羽人于丹丘兮畱不死之舊鄉列子老聃之弟子有亢倉子者得聃之道能以耳視而目聽莊子大宗師至人之息以踵衆人之息以喉再見唐書李珏傳爲殿中侍御史宰相韋處厚曰清廟之器非擊搏才柳子厚鐵爐步志江之滸凡舟可縻而上下者曰步九國志王審知聞徐寅名辟居幕下寅不樂一旦拂衣去曰丈尺之水前波後堰焉能容萬斛之舟乎王注漢吏指正輔楚囚先生自謂也漢書楊敞傳霍光遣田延年報敞以廢昌邑王事敞汗流洽背徒唯唯而已敞夫人遽從東廂與延年參語許諾注三人共言故云參語

再和

稚川眞長生。少從鄭公游。孝章偶不死。免爲文舉憂。餘齡會有適。獨往豈相攸。由來警露鶴。不羨撮蚤鶹。願加視後鞭。同駕躡空輈。寧飡墮齒堇。勿憶齊脊羞。何時遂縱壑。歸路同首丘。東岡松柏老。西嶺橘柚秋。著意尋彌明。長頸高結喉。無心逐定遠。燕頷飛虎頭。君方卒功名。一汎范蠡舟。我亦霑霈渥。漸解鍾儀囚。寧須張子房。萬戶自擇畱。猶勝嵇叔夜。孤憤甘長幽。南牕可寄傲。北山早歸耰。此語君勿疑。老彭跨商周。

晉書葛洪傳從祖玄吳時學道得仙以其煉丹祕術授弟子鄭隱洪就隱學悉得其法盛孝章注見本卷詩大雅爲韓姞相攸箋云相視攸所也周處風土記白鶴性警至八月露降流於草木上滴滴有聲則鳴莊子秋水篇鴟鵂夜撮蚤察毫末晝出瞋目而不見丘山視後鞭亦用莊子語已見唐逸史蔡少霞夢爲蒼龍溪王

寫太皇眞訣記得四句云昔乘魚車今履瑞雲躡空仰塗綺絡輪囷互見三十五卷公自注爾雅蘦苦堇也本草一種黄花者有毒殺人即毛芹也又烏頭苗一名堇有毒唐書張果傳帝密語高力士朕聞飲堇無苦眞仙人也因取以飲果三進頽然如醉顧曰非佳酒也頃視齒燋縮顧左右取鐵如意擊墮之更出藥傅其齗良久復生齊省意指鰥居也禮記狐死正首丘言不忘本也漢書留侯世家高祖自擇齊二萬戶欲以封張良良曰始臣起下邳與上會留臣願封留足矣世本彭祖在商爲守藏史在周爲柱下史年八百歲又神仙傳彭祖壽八百歷三代

同正輔表兄游白水山 白鶴故居圖白水山羅浮山之西瀑布在焉

偉哉造物眞豪縱。攫土摶沙爲此弄。擘開翠峽走雲雷。截破奔流作潭洞。因隨化人履巨迹。得與仙兄躡飛鞚。曳杖不知巖谷深。穿雲但覺衣裘重。坐看驚鳥救一作投霜葉。知有老蛟蟠石甕。金沙玉礫粲可數。古鏡寶奩寒不動。念兄獨立與世疎。絶境難到惟我共。永辭角上兩蠻觸一洗胸中九雲夢浮來山高回望失武陵路絕無人送筠籃擷翠爪甲香素綆分碧銀缾凍歸路霏霏湯谷暗野堂活活神泉湧解衣浴此無垢人身輕可試雲間鳳

莊子大宗師偉哉夫造物將以予爲此拘拘也再見按翠峽二句指瀑布化人句指佛迹也山有佛迹崖見前卷杜子美詩黃門飛鞚不動塵韓退之詩林柯有脫葉欲墮鳥驚救古詩淮南王篇金瓶素綆汲寒漿王褒湯泉碑湯谷揚波神泉愈疾山有湯泉故云

與正輔遊香積寺

越山少松竹常苦野火厄此峰獨蒼然感荷佛祖力茯苓無人採千歲化琥珀幽光發中夜見者惟木客我豈無長鑱眞贗苦難識靈苗與毒草疑似在毫髮把玩竟

不食。棄置長太息。山僧類有道。辛苦嘗谷汲。我慙作機舂。鑿破混沌穴。幽尋恐不繼。書板記歲月。杜子美詩長鑱長鑱白木柄韓退之詩前計頓乖張居然見眞贗漢書地理志號會之地土陿而險山居谷汲王注傳曰杵臼之智不及機舂

次韻正輔同游白水山

祇知楚越爲天涯。不知肝膽非一家。此身如綫自縈繞。左旋右轉隨繅車。誤拋山林入朝市。平地咫尺千褒斜。欲從稚川隱羅浮。先與靈運開永嘉。首參虞舜款韶石。次謁六祖登南華。仙山一見五色羽。雪樹兩摘南枝花。赤魚白蟹一作白魚赤蟹箸屢下。黃柑綠橘籩常加。糖霜不待蜀客寄。荔支莫信閩人誇。恣傾白蜜收五稜。細斸黃土栽

施注蘇詩卷三十六

三椏。【公自注】正輔分人參歸種韶陽來詩本用亞字惠州無書不見此字所出故且從木奉和朱明洞裏得靈草。翩然放杖凌蒼霞。豈無軒車駕熟鹿。亦有鼓吹號寒蛙。仙人勸酒不用勺。石上自有樽罍窪。徑從此路朝玉闕。千里莫遣毫釐差。故人日夜望我歸。相迎欲到長風沙。豈知乘槎天女側。獨倚雲機看織紗。世間誰似老兄弟。篤愛不復相疵瑕。相攜行到水窮處。庶幾一見雷子嗟。千年枸杞嘗夜吠。無數草棘工藏遮。但令凡心一洗濯。神人仙藥不我遐。山中歸來萬想滅。豈復回顧雙雲鵶。一作飛

【莊子德充符】自其異者視之肝膽楚越也【白樂天詩】途窮平谷險舉足劇褒斜【西都賦注】褒斜谷在長安城西南南曰褒北曰斜長四百七十里【謝靈運傳】在永嘉登山臨水佳處無不游嘗自始寧南山伐木開徑直入臨海【周禮】籩人掌肆籩之實加籩之實菱芡栗脯【物產志】糖霜出遂寧宋時入貢【荔支譜】廣南及梓夔之閒

所出大率早熟其精好者僅比閩中之下品【東觀漢記】上賜朱祐白蜜一石【蘇頌本草圖經】雍洛間有梨花蜜白如凝脂【嶺表錄】瀧州山中多紫石英其大小皆五稜兩頭如箭鏃煮水飲之煖而無毒【三椏】見三十四卷寄紫團參詩注又互見本卷人參詩注【李白長干行】相迎不道遠直至長風沙【同安志】長風沙鎮在懷寧縣東一百二十里【王維詩】行到水窮處坐看雲起時【雙雲鴉】似指失偶事先生前詩有兩鬟之語玩洗凡心及萬想滅二語可見雲鴉即所云雲鬟鴉鬢也作飛鴉解非

和子由次月中梳頭韻

子由詩序云轍有白髮近二十年矣然止百餘莖不增不減虔州道人王正彥教令拔去以眞水火養之恐不復更生從其言已數月而白髮不出更年歲不見豈眞不生耶子瞻兄示我月中梳頭詩戲次來韻言拔白之驗詩曰水上有車車自翻懸流如線垂前軒霜蓬已枯不再綠有客勸我拔其根枯根一去紫茸茁珍重已試幽人言紛紛華髮不足道當返六十過去魂

夏畦流膏白雨翻北牕幽人臥羲軒風輪曉長春笋節露珠夜上秋禾根【公自注】或爲子言草木之長常在昧明間早作而伺之乃見其拔起數寸竹笋尤甚又夏秋之交稻方含秀黃昏月出露珠起于其根纍纍然忽自騰上若有推之者或入于莖心或垂于葉端稻乃秀實驗之信然此二事與子由養生之說契故以此爲寄從來

白髪有公道。始信丹經非妄言。此身法報本無二。他年妙絶兼形魂。公自注傳燈錄有形神俱妙者乃不復有解化之事杜牧之詩公道世間惟白髮法報法身報身也字見華嚴合論

十一月九日夜夢與人論神仙道術因作一詩八句既覺頗記其語錄呈子由弟後四句不甚明了今足成之耳

析塵妙質本來空。公自注夢中於此句若了然有所得者更積微陽一線功。照夜一燈長耿耿。閉門千息自濛濛。養成丹竈無煙火。點盡人間有量銅。寄語山神停伎倆。不聞不見我何窮。楞嚴經又鄰虛塵析入空者用幾色相合成虛空傳燈錄壽州道樹禪師得法於北宗秀在壽州三峰山結茅而居有一野人常化作佛及菩薩羅漢天仙等形或

放神光或呈聲響如此涉十年後寂無形影師告衆曰野人作多色伎倆眩惑於人只消老僧不見不聞伊伎倆有窮吾不見不聞無盡

章質夫送酒六壺書至而酒不達戲作小詩問之

白衣送酒舞一作海淵明。急掃風軒洗破觥。豈意青州六從事。化爲烏有。一先生。空煩左手持新蟹。漫繞東籬嗅落英。南海使君今北海。定分百榼餉春耕。

王注章時爲廣帥孔融爲北海相嘗有樽中酒不空語故云

小圃五詠

人參

上黨天下脊。遼東真井底。玄泉傾海腴。白露灑天醴。靈苗此孕毓肩肢一作股或具體移根到羅浮越水灌清泚地殊風雨隔臭味終祖禰青椏綴紫蕚圓實墮紅米窮年生意足黄土手自啟上藥無炮炙齕齧盡根柢開心定魂魄憂恚何足洗糜身輔吾生一作軀既食首重稽

本草人參生上黨山谷及遼東釋名人參一名海腴春秋運斗樞瑶光星化而爲人參故又名神草隋書五行志高祖時上黨人宅後每夜有人呼聲求之不得去宅一里所見人參枝葉異常掘之得人參一如人體四肢畢備本草圖經人參初生小者一椏兩葉年深者生四椏各五葉中心一莖有花細小如粟蘂如絲紫白色秋後結子如大豆青生熟紅自落藥性論人參主安精神定魂魄開心益智

地黄

地黄飼老馬可使光鑑人吾聞樂天語喻馬施之身我衰正伏櫪垂耳氣不振移栽附沃壤蕃茂爭新春沈水

得穉根重湯養陳薪投以東阿淸和以北海醇崖蜜助甘冷山薑發芳辛融爲寒食餳嚥作瑞露珍丹田自宿火渴肺還生津願餉內熱子一洗胸中塵

白樂天採地黃者詩凌晨荷鍤去薄暮不盈筐攜來朱家門賣與白面郎與君啖肥馬可使照地光願易馬殘粟救此苦饑腸本草地黃宜肥壤虛地則根大而多汁本草陶隱居云阿膠出東阿其用皮有老少則膠有淸濁又崖蜜生南方巖嶺閒入藥最勝杜子美成州詩崖蜜亦易求釋名餹之淸者爲餳纂異記甘珍逢三書生曰我有瑞露珍釀百花中與飲甘香可愛天寶遺事楊貴妃含玉嚥津以解肺渴

枸杞

神藥不自閟羅生滿山澤日有牛羊憂歲有野火厄越俗不好事過眼等茨棘青荑春自長絳珠爛莫摘短籬護新植紫筍生臥節根莖與花實收拾無棄物大將玄

吾鬢小則餉我客。似聞朱明洞。中有千歲質。靈尨或夜吠。可見不可索。仙人儻許我。借杖扶衰疾。

詩小雅楚楚者茨言抽其棘本草枸杞冬採根春夏採葉秋採莖實又枸杞久服輕身不老一名仙人杖劉禹錫枸杞井詩枝繁本是仙人杖根老能成瑞犬形詩國風無使尨也吠又靈尨注見本卷

甘菊

越山春始寒。霜菊晚愈好。朝來出細粟。稍覺芳歲老。孤根蔭長松。獨秀無衆草。晨光雖照耀。秋雨半摧倒。先生臥不出。黃葉紛可掃。無人送酒壺。空腹嚼珠寶。香風入牙頰。楚些發天藻。新荑蔚已滿。宿根寒不槁。揚揚弄芳蝶。生死何足道。頗訶昌黎公。一作翁恨爾生不早。

先生記菊帖云嶺南地煖而菊獨後開考其理菊性介烈須霜降乃發而嶺海常以冬至微霜故也吾以十月望與客泛菊作重九書此爲記唐太宗殘菊詩階蘭凝曙霜岸菊照晨光范至能譜序惟甘菊一種可食仍入藥餌楚些注已見神仙傳王母云神仙之書受而不敬是謂慢天藻韓退之秋懷詩鮮鮮霜中菊旣晚何用好揚揚弄芳蝶爾生還不早

薏苡

伏波飯薏苡。禦瘴傳神良。能除五谿毒。不救讒言傷。讒言風雨過。瘴癘久亦亡。兩俱不足治。但愛草木長。草木各有宜。珍產駢南荒。絳囊懸荔支。雪粉剖桄榔。不謂蓬荻姿。中有藥與糧。春爲芡珠圓。炊作菰米香。子美拾橡栗。黃精誑空腸。今吾獨何者。玉粒照座光。

酈道元水經注武陵有五谿謂雄谿樠谿酉谿無谿辰谿謂之五谿蠻後漢馬援傳初援在交趾常餌薏苡以勝瘴氣軍還載之一車及卒後有譖之者以爲前所

載皆明珠文犀再見蔡君謨茘枝詩厚葉纖枝雜絳囊使君分寄驛人忙臨海異物志桄榔皮中有白粉似稻米及麥麵可作餅餌崔豹古今注芡一名鴈頭廣雅鷄頭謂之蔆芡歐陽永叔食雞頭詩爭先園客採新苞剖蚌得珠從海底本草薏苡米白色如糯人呼爲薏珠子春熟炊爲飲食氣味如麥飯乃佳宋玉賦主人之女爲臣炊彫胡之飯註彫胡菰米也廣雅菰蔣其米謂之彫胡杜子美寓居同谷縣詩歲拾橡栗隨狙公又黄精無苗山雪盛短衣數挽不掩脛再見

雨後行菜

夢回聞雨聲。喜我菜甲長。平明江路濕。並岸飛雨漿。天公眞富有。乳膏瀉黄壤。霜根一蕃滋。風葉漸俯仰。未任筐筥載。已作杯盤一作桉想。艱難生理窄。一味敢專饗。小摘飯山僧。清安寄眞賞。芥藍如菌蕈。脆美牙頰響。白菘類羔豚。冒土出蹯掌。誰能視火候。小竈當自養。

詩國風于以盛之維筐及筥杜子美詩自鉏稀菜甲小摘爲親情劉恂嶺南異物志南土芥高五六尺芥心嫩薹謂之芥藍陳仁玉菌譜芝菌最爲上品蕈凡九種

味極香美【海錄碎事】江東人呼地菌爲土囷【陸佃埤雅】菘葉如蕪菁性凌冬晚凋故曰菘俗謂之白菜【左傳】宣二年宰夫胹熊蹯不熟

殘臘獨出二首

幽尋本無事。獨往意自長。釣魚豐樂橋。採杞逍遥堂。羅浮春欲動。雪日有清光。處處野梅開。家家臘酒香。路逢眇道士。疑是左元放。我欲從之語。恐復化爲羊。

杜子美詩江路野梅香【神仙傳】左慈字元放徐墮有道術居丹徒慈過之墮門下客欺慈云徐公不在慈便去客報徐公有一老翁眇目吾欺之云公不在矣公曰咄咄此是左公過我化羊事屢見

江邊有微行。詰曲背城市。平湖春草合。步到棲禪寺。堂空不見人。老稚掩關睡。所營在一食。食已寧復事。客來豈無得。施子靜掃地。風松獨不靜。送我作鼓吹。

詩國風遵彼微行陶淵明詩傾身營一飽少許便有餘

新年五首 紹聖三年先生年六十一在惠州卽古白鶴基始營新居故有結茅來此住之句

曉雨暗人日，春愁連上元。水生挑菜渚，煙濕落梅村。小市人歸盡，孤舟鶴踏翻。猶堪慰寂寞，漁火亂黃昏。

荊楚歲時記正月七日謂之人日以陰晴卜豐耗

北渚集羣鷺，新年何所之。盡歸喬木寺，分占結巢枝。生物會有役，謀身各及時。何當禁畢弋，看引雪衣兒。

江淹擬雜體詩問君亦何爲百年會有役談苑李昉五禽呼鷺爲雪客天寶遺事楊貴妃鸚鵡名雪衣娘詩借用其字耳

海國空自煖，春山無限清。冰谿結一作紛瘴雨，雪菌到江城。更待輕雷發，先催凍筍生。豐湖有藤菜，似可敵蓴羹。

一統志豐湖在惠州府城西廣十里有漱玉灘點翠洲諸勝中產藤菜王注先生嘗言豐湖有燕脂藤味滑美大類蓴

小邑浮橋外。青山石岸東。茶槍燒後有。麥浪水前空。萬戶不禁酒。三年眞識翁。結茅來此住。歲晚有無同。

茶譜蘄州團黃茶有一槍兩旗之號

荔子幾時熟。花頭今已繁。探春先揀樹。買夏欲論園。居士常攜客。參軍許叩門。明年更有味。懷抱帶諸孫。

二月八日與黃燾僧曇穎過逍遙堂何道士宗一問疾

安心守玄牝。閉眼覓黃庭。問疾來三士。澆愁有半鉼。風松時落蘂。病鶴不梳翎。樽空我歸去。山月照君醒。

次韻高要令劉湜峽山寺見寄

新聞妙無多。舊學閑可束。猶當隱季主。未遽逃梅福。空腸吐餘思。靜似蠶綴簇。寸田結初果。秀若銅生綠。荊棘掃誠盡。棃棗憂不熟。高人寧鑄金。下士乃服玉。君看嶺嶠險。我欲巾笥蓄。曾攀羅浮頂。亦到朱明谷。旋觀眞歷塊。歸臥甘破屋。故人老猶仕。世味薄如縠。偶從越女笑。不怕蠻江浴。驚聞尺書到。喜有新詩辱。應憐五管客。曾作八州督。骨銷讒口鑠。膽破獄吏酷。隴雲不易寄。江月乃可掬。遙知清遠寺。不稱空明腹。蹇驢步武碎。短瑟絃柱促。仰看泉落珮。俯聽石響轂。千峰瀉清駛。一往無回蠲狂雷失晤語。過電不容目。要知僧長饑。正坐山少肉。人間無南北。蝸角空出縮。仇池九十九。〔公自注〕仇池有九十九泉余嘗夢至有詩嵩少三十六。〔公自注〕子由近買田陽翟北望嵩少甚近天人同一夢。仙凡無兩錄。陋邦眞可老。生理亦麤足。便回爇天焰。長作照海燭。〔公自注〕黃魯直寄詩云蓮花合裏一寸燭牝馬海中燒百川魯直蓋近有得也

史記日者傳司馬季主楚人也卜于長安市本草生銅皆有青蓋銅之精華也抱朴子服玉當得璞玉以屑與水服之令人不死北史李預傳得餐玉之法乃採訪藍田掘得百枚作屑食之經年有效韓退之詩吾老世味薄又洪濤春天禹穴幽越女一笑三年留舊唐書永徽後以廣桂容邕安南皆隷廣府謂之五府節度使名嶺南五管又韓退之詩五管徧歷無賢侯王注引莊子謬晉書陶侃字士行嘗如廁見一人朱衣介幘斂袂曰君後當爲公位至八州都督按先生有詩云八州憐我往來頻即紀實也史記鄒陽上梁王書衆口鑠金積毀銷骨南史王融矯詔立竟陵王子良太學生魏準鼓成其事及融誅準懼而死舉體皆青時以爲膽破于良史詩掬水月在手韓退之詩雷驚電激語難聞傳燈錄司馬頭陀自湖南來百丈謂之曰老僧欲往溈山可乎對曰溈山奇絕可聚千五百衆然非和尚所住

百丈云何謂也對云和尚是骨人彼是肉山設居之徒不盈于百矣〔西京賦〕光焰燭天庭〔韓退之詩〕居然妄推讓見謂爇天焰

施註蘇詩卷之三十六

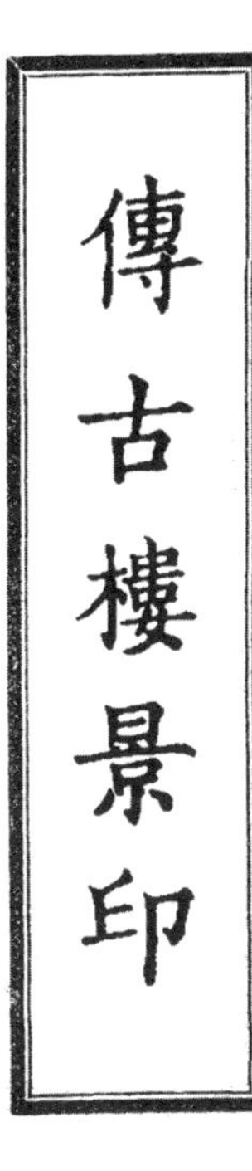
傳古樓景印